前男友
Ex —
boyfriend

Lal
著

作者序 致，每個想幸福的你

Lai

人生第一次寫作者序，為此還翻遍不少書，愈看愈覺得——天啊！我的故事到底想傳達什麼？沒有勵志話語，沒有令人大徹大悟的橋段，有的只是情侶的爭吵、朋友間的鬥嘴、父母對子女的疼愛，以及每個人生活中日日上演的喜怒哀樂。

就是由這些再平凡不過的日常，構成了這個故事。

曾有人告訴我，「平凡即是幸福」。

坐在長椅上，相互依偎的九十幾歲老夫老妻，他們的每一天不會都是驚喜，卻能相伴度過人生的大半輩子。

他們的「永遠」不是掛在嘴邊說說而已，而是踏實地牽手走下去。

日子無趣嗎？有時候確實如此。

會吵架嗎？當然。

就算缺少了轟轟烈烈的情節，但那又怎樣呢？我有你就夠了啊。就是這樣的信念，促使我寫下這篇幾萬字的故事。

不知道大家怎麼定義「幸福」這件事？

對我來說，當你找到這麼一個人，儘管粗茶淡飯，儘管兩個人賴在沙發上什麼也不做，回想起時，還是會幸福的想笑；說著喜歡、愛他的時候，心情還是會悸動不已。

我想這就是兩個人在一起最美好的樣子。

也是我寫下這個故事的初衷，一切平凡得像是隔壁大媽照三餐的八卦，始終如一卻從不嫌膩。

故事的開端，直接了當地說出兩人分手的事實，也不是什麼了不起的原因，就像一般的情侶，鬧了小彆扭，雙方拉不下臉，因此事情一發不可收拾。

直到最後，演變成分手，甚至不諒解。

人啊，常常在失去之後，才發現對方的重要。薛赫和楊妤晴是這樣，你和我也是這樣。

但並非每段感情都經得起等待和時間的消磨，幸好薛赫的坦承，和楊妤晴再一次的勇敢，讓他們重新擁抱了彼此。

我相信大家在看這個故事的時候，一定和裡面某幾個角色有著共鳴吧。

我也相信，無論是因為自己的自私傷害了別人的邱梓瑩，還是曾經目中無人的 Chris，他們都擁有幸福的權利。

我們不可能完美無缺，我們的人生也不會時時刻刻都盡善盡美，錯了才知道什麼是對的，也才能知道自己所擁有的一切有多美好。

做錯了選擇，停下來即是改變，下次就知道別再走這條岔路了。

希望這些人的成長，能牽動你的選擇，不管好壞，請相信我，我們都值得擁有幸福。

最後，謝謝 POPO 原創這個平台，謝謝不斷被我騷擾的編輯，也謝謝喜歡這篇故事的你們，希望我寫的故事能給大家帶來一些啟示，或是一些正能量。

Contents

楔子　我們，分手了

交往一年，不長不短，後半年的爭吵次數和吃飯睡覺一樣頻繁，甚至都忘了，這樣的我們當初是為了什麼而選擇在一起。

「又吵架了？」蕙央嘴裡叼著洋芋片，斜躺在沙發上，電視節目正訪談著幾位明星的戀愛辛酸史。

我在心底苦笑，想不到我們的吵架次數，讓蕙央聽到已經無感。

「靠！那女的是怎樣？明明結了婚還勾搭好朋友的男友，老公是裝飾用的嗎？」蕙央看著訪談內容，氣得哇哇大叫，很是激動。

我深吸一口氣，「我……和薛赫分手了。」

蕙央嚼著零食，眼神專注地盯著電視，仍在無限感嘆那些女人怎麼會這麼傻？

「是喔，妳和薛赫……」她緩緩側過頭，嘴裡還塞著洋芋片，緊接著是一連串含糊的怪叫。「分分分分手——？」

「嗯，昨晚。」

「什麼——」蕙央的嗓門依舊擾人。

❖

「我們分手吧。」

「妳知道自己在說什麼嗎？」男人的語調平穩，沒有絲毫驚慌無措，他依然是如此自傲且自信。

「我沒有比這一刻更明白我要什麼了。」心已經疲乏，偽裝到極限，而他始終站在最高的位置，驕傲如王者，低頭俯瞰著我的存在。

「我很忙，別無理取鬧。」

面對他的不在乎，真慶幸，我居然也開始覺得無所謂了。

「有時候我真懷疑，你真的……喜歡過我嗎？」我彎起唇角，但更多的是嘲諷。「算了，不重要了。」

我太喜歡他了，在外人看來，我喜歡他，勝過於他喜歡我，所以他此刻才能無動於衷。

如果放開手會讓我們都好過一些，何樂不為？

想通了，似乎全身的力量、開朗和自信都回來了。也許我們真的不適合吧，畢竟我們之間天差地遠，而學姊才是最懂他的人。

「妳從來沒有在乎過我的感受。」

男人垂首低斂著眼眸，緊抿著唇，看起來很是憂愁，但我知道這是他不耐煩的指控。

我聳聳肩，不想再做無謂的爭吵。誰對誰錯都不重要了。「嗯，所以我們都別再勉強了。」

我們的愛情就像是家家酒，一旦走出那塊餐巾，就什麼也不是了。

薛赫不語，眼神挪向桌上一疊公文，這個舉動徹底說明公事勝過我們之間的事。

「我跟梓瑩沒什麼，如果妳又是因為這件事，無止盡地小題大作，」約莫幾秒，他漫不經心地開口，連頭也沒抬。「那就隨妳吧。」

近幾個月的生活，充滿千篇一律的爭吵、無言以對的沉默，唯獨這件事是我們頭一次達成共識。

很奇怪，我一滴眼淚都沒有掉。

只是雙方不愛了，僅此而已。

忘了當初怎麼能愛得如此深、如此放不開，以為如果走到了分手這一步，也許會失去活下去的勇氣……

可惜沒有，什麼也沒有。

我就像個被動的木偶人，沒有知覺、情感，麻木地走出他的視線，他的世界。

❖

「媽的！我要一拳把薛赫那混球打回老家！」蕙央氣沖沖地起身。「別攔我！老娘忍他很久了！」

我將視線移往地板，「先把地上的洋芋片碎屑清乾淨再去。」

「楊好晴——！」

第一章　回歸，起點

「有沒有男朋友？」

我深深地吸氣、吐氣，強壓住想上前掐死眼前這個男人的衝動。「我說陶淵……」

對方輕咳幾聲，打斷我的話，俐落地甩開古典摺扇。「在這，請稱呼在下為——Boss。」

OK，Fine！

「Bo——ss！我楊妤晴是來面試，不是來給你身家調查的！」我咬牙。

「在下身為Boss，當然有必要了解公司員工所有的事，包括令尊令堂、尊兄、伴侶，或是……有沒有小三。」他啪的一聲，闔起扇子。

陶淵說得頭頭是道，但在我看來，簡直就是胡說八道！

「公司？」我忍著不想吐槽，「這十坪不到的地方勉強只能叫工作室吧？」

扣除我們幾個人，其餘皆是領時薪的工讀生，怎麼能稱為公司？什麼時候會倒閉還不知道呢。

「還有，你的員工都是我的大學同學，而你是我的直屬學長，大家都認識，還有什麼好問的？」

我氣勢騰騰地手壓桌面，俯身瞪視著眼前依舊一身中山裝的男人。

陶淵一臉像是受驚的小倉鼠。「晴、晴妹……妳、妳變了！」掛著淚，他楚楚可憐道：「妳以前都、都不敢大聲對我說話的。」

不是不敢，也不是我脾氣變差了，而是這傢伙一年不見，更欠人抽了！

「小晴，別一早浪費體力和口水，過來吃點心喝茶。」蕙央捧著點心盒走過來，盒子往桌上一擺，直接壓在寫著「Boss 陶淵」的紙摺名牌上。「這是那隻鵝從日本寄回來的草莓大福。」

「妳說安恬兒嗎？」我咬了一口軟Q的大福，酸甜滋味馬上瀰漫舌尖，「對了，聽說她要結婚了？」

「嗯，那女人總愛跟別人不一樣，硬要先度蜜月再補婚禮。」我笑著看蕙央努努嘴，一臉不屑，其實知道她心裡也捨不得安恬兒嫁人。

蕙央和安恬兒兩人從大學開始就不對盤，她每天回到宿舍聊的內容，十句中就有十一句都在罵安恬兒，沒想到畢業後她們又進了同家公司。

那時她不惜打越洋電話也要跟我「分享」這件衰到太平洋的事。

「是說，」我睨了一眼跑去牆角蹲著哀悼名牌的陶淵。「妳們怎麼敢在他底下工作啊？」

蕙央聳肩，「被下蠱吧，那時候。」

喝了口茶，我嘆氣，「真不敢相信我也是一員了。」

「倒是妳，之前不是說還要三個月才會從英國回來嗎？」

「說到這個，還不都得歸功那對天兵父子，想盡了辦法讓我提早回國。」

我生命中最重要的兩個男人，分別是楊家的一家之主和兄長。他們連吃飯都能在餐桌上用筷子吵架，但只要談到「楊妤晴」這個人，儘管互看不順眼，也能立即放下疙瘩，變成合作無間的父子檔。

例如：

女孩子嘛，人生總有那麼幾次大事，比如說生理期。

第一次生理期來我嚇壞了，心想自己是不是快死了，但護士阿姨只是笑咪咪地拍著我的頭說：「小好晴長大了。」

然後，就讓我帶著悶痛的肚子請假回家。

接到消息的父子檔，只聽進「肚子痛、流血」這幾個嚴重的字眼，於是一個連結婚紀念日都要考慮加班的丈夫，立馬請假，另一個品學兼優絕不缺席的模範生，當著全班師生面前掉頭走人。

當時兩人同時出現在家門口的舉動，連老媽都深感荒謬。

撇除竄改我的大學志願，規定我就算住外面，還是得每週回家，以及三十歲後才能交男朋友等等這些以外，我還是很愛他們。

但不得不說，他們的點子總是能推陳出新，演技也是一年比一年進步。

上個禮拜，接到大哥急迫的深夜來電，說老爸身體狀況不是很好，已經送往急診室，讓我提前結束在英國的學業，趕緊回家一趟。

我在英國的寄宿家庭，是由一對夫婦和他們的兒子 Chris 所組成的小家庭。在我接到電話後，多虧 Chris 透過私人管道，才讓我能在短時間內辦妥離校作業，順利回國。

當我回到台灣時，老爸確實住院了，但似乎和大哥在電話中說的，「沒有食欲睡不好，整個人消瘦了一圈」有些出入。老爸不但笑聲爽朗，還有體力和左鄰右床熬夜看世足，在醫院吃好睡好，臉都圓了。

「臭老頭你就顧著看電視，打幾十通電話也不接！」

「我哪知道妳這麼快就到了，還有妳這是和爸爸說話的態度嗎？」

「你別想轉移話題！」

而老爸為何會住院？原來某天早上老爸硬跟著大哥去晨跑，不服輸的他跑了十多圈，結果為了在最後一圈超前大哥，不服老地使出全力，後果可想而知——摔傷骨折，腳上裹了個大石膏。

全程最無奈的莫過於媽媽，「抱歉讓妳擔心了，妳老爸他啊把我看得緊緊的，不准我通風報信。」

「哎呀！妳自己不也想女兒想得緊，看到人回來，嘴都笑得合不攏了。」老爸躺在病床上，吊著腿，神情很是驕傲。

隔幾天，老爸出院後，一家人開心回家吃媽媽親手烹煮的家常菜，父子倆依舊用筷子在飯桌上吵架。

我和媽則是習以為常地吃飯聊天，「多吃點，妳好像瘦了。」

「之前太胖了啦。」

「什麼胖？晴兒妳那叫福氣。」父子暫且休戰，夾了塊肉放進我碗裡，「來！多吃點！」

已經許久未同桌吃飯，聊了初到英國的陌生與恐懼，好幾次還因為迷路，差點在路邊哭著說要回家。

幸好 Chris 一家人待我很好，總是擔心我吃不飽、穿不暖。

回國當天，我也馬上打了電話向 Chris 的父母報平安，他們熱情表示歡迎我隨時到英國玩。

至於 Chris，因為最近要選定海外研習的地點，忙得不可開交，就沒和我通上電話了。

❖

回台灣後的日子過得很規律，早上八點上班，晚上六點下班回家吃飯，之後上樓趕翻譯稿件，凌晨上床睡覺。

這期間，蕙央偶爾會打電話來和我閒聊幾句，今天正好她也打來了，我和她嘻嘻哈哈聊了一整晚，直到實在睏得撐不住才依依不捨地掛電話。

但掛上電話，自己一個人躺在床上時，濃濃的睡意又瞬間消散，滿腦子都是蕙央方才的那些話。

聽說學姊離婚了，正在打官司，我想她應該沒想到，昔日的枕邊人竟然成為自己的對手。

離婚啊……

雖然早在出國前就曾聽蕙央提起，也見過學姊和老公在街上爭吵，但沒想到事情最後竟演變成這局面。

想起大學時期，學姊除了外貌出眾，才華洋溢，她的溫暖和善良，也是大家公認的，這樣的結局實在不適合她。

「不過現在有薛赫在她身邊，事情應該會好轉的吧。」我喃喃自語道。

叩叩叩。

「睡了嗎？」

「還沒。媽妳怎麼還沒睡？」我看了一眼牆上的時鐘，凌晨三點。

「睡不著，陪媽聊聊天好嗎？」老媽抱著棉被躡手躡腳走進來，「瞞著妳爸偷偷來的。」

我往床的另一邊挪去，拍拍身側要她快躺下別客氣，媽笑我怎麼還是老樣子，這麼孩子氣。

我倆蓋著棉被露出腳丫，盯著天花板好一陣子，說要聊幾句，但誰也沒開口，彼此也不覺得尷尬，反倒覺得有家人陪伴的感覺，真好！

許久，媽媽打破沉默，聲音在靜謐的房間裡，顯得特別清晰。「妳和薛赫真的……」

我聳肩，「結束啦，都兩年了，妳怎麼還再提他。」

媽媽看了我一眼，笑容裡摻雜著擔心，「什麼原因……能告訴媽嗎？」

我試圖不讓氣氛變得沉重，刻意揚起語調，「感情這種事，本來就沒有誰對誰錯，硬要說錯的話，只能說我們太過年輕了。」

以為時間能證明一切，殊不知只是印證了其實我們並沒有想像中適合。

「你們會不會是有什麼誤會？兩個人在一起，最重要的是溝通。你們好好說過話沒有？」

「可是媽，他連跟我說話這件事，都覺得多餘。」當然，這些話我沒有說出口，這樣的事實說出來也挺讓我自尊受挫的。

起初我們是緊緊牽著對方的手，怎麼後來我們卻都捨得放手不挽留？

我扺出一道淺淡的笑容，「如果是誤會，他當下就不會什麼都不說了。」

儘管我卑微地想著，只要他願意解釋，我什麼都會相信，即便他和學姊瞞著我頻繁地見面。

我自認自己不是個捕風捉影的女朋友，所以只要他肯說，我都聽。

「算了，都過去了！」我蜷進媽的懷裡。「我現在過得很好，就表示我的選擇沒有錯。」

「唉，妳這孩子……」老媽拍著我的背，像哄小孩般，「別總是把苦往肚裡吞，有這麼多人當妳的依靠，不需要這麼逞強。」

我眼角忍不住發酸，為了不讓她聽見我的哽咽聲，我用力點著頭，佯裝打了聲哈欠。

「睡吧，好好睡一覺。」

❖

很快地，我在陶淵壓榨員工的制度下，也撐了一個月。發薪這天，蕙央興致勃勃地提議去吃某家很有名的燒烤，說是慶祝我從英國回來，並且成功脫離米蟲行列。

「幹麼邀請一隻鵝？」蕙央斜了一眼身旁一頭酒紅色長直髮的女人。

「李穢央閉嘴，烤妳的肉！」安恬兒回了一記白眼給她。

看著她們鬥嘴的模樣，彷彿又回到大學時期，總是為了點小事爭吵，誰也不讓誰，但在對方有難時，卻是第一個跳出來護航的人。

「大家都是朋友，又是同事，我得打好關係啊。」我笑嘻嘻地說。

安恬兒微勾的鳳眼睨了我一眼，「妳怎麼還是跟以前一樣厚臉皮。」她瞄向我的碗，「欸！趕快吃啦！不會是吃慣了有人服侍的西餐廳，連肉都不會烤了？」

安恬兒是標準的刀子嘴豆腐心，雖然嘴裡酸著，卻不斷把烤好的肉往我的碗裡送。

「喂喂！在下的牛五花！」

「原始人學現代人吃什麼烤肉，去！」安恬兒像是驅趕蟲子似的，把陶淵靠過來的頭推開。

「楊妤晴妳頂著高學位進這間破公司，勸妳做好心理準備。」安恬兒幽幽說道。

一旁的蕙央難得小聲附和安恬兒，「陶淵超摳，不過妳也逃不掉了。」她咧嘴一笑，特別幸災樂禍。

陶淵默默地咳了一聲，藉此爭取發表權，「明天各位也可能……要留到亥時。」

當我還扳著指頭在數亥時是幾點時，某兩女爆出被欺凌的叫聲。

「晚上十一點？原始人你坑人啊？我還得回家陪老公欸。」

「陶淵你不是人！」

兩女掐著一男的脖子不放，相較其他幾桌的聚會，我們光這三隻活寶湊在一起，就足以掀翻屋頂。直到晚上十一點，我們一行人無視服務生的白眼攻擊，不畏用餐兩小時的規定，儘管服務生僵著笑臉趕人，我們還是硬待到打烊才離開。

我們手搭肩，浩浩蕩蕩地走出燒烤店。

「喂！原始人……我們來比賽看誰走路最直……呃！」

「欸欸！你們兩個！走路看車啊！」

我和蕙央一人拖一個。

安恬兒甩開蕙央攙扶的手，打了聲酒嗝。「呃！我啊……就要結婚了，讓妳們當我的伴娘是怕妳們嫁不出去，要趕快搶捧花……但是不准妳們打扮得花枝招展！不准搶我老公……呃！」

「妳現在走路姿勢完全就是一隻鵝啊！」蕙央在一旁笑得上氣不接下氣，「應該拍給妳老公看，叫他立刻悔婚，免得後悔！」

聽聞，安恬兒惱怒地大聲嚷著要蕙央好看。

無心管兩個女人在馬路旁鬼吼鬼叫，我扶著幾乎醉得不省人事的陶淵，他全身的重量壓在我肩膀上，真他媽的重啊！

「喂！陶淵！你振作點！」這傢伙本來就不太會喝酒，還硬要學李白飲酒作詩，臉都在店裡給他丟光了。

見他瞇著眼，圓框眼鏡下的眼神迷濛，突然他傻笑起來，「呵呵……真的好久不見……妳都不知道淵淵我有多想妳……」

他捧著臉，雞皮疙瘩立刻爬滿我的全身，我皺眉。「陶淵，我是楊妤晴。」我提醒他，推開他的身體。

他笑了下，像是沒聽見我的話，手臂在空中亂揮，最終指向我。「妳，明明知道在下……我是多麼愛慕妳，怎麼妳偏偏和薛赫那個一點文學氣質都沒有的奸商……那麼親近……他到底哪裡好……」

聽到薛赫的名字，我愣了下，陶淵果然認錯人了。

說起陶淵這個人，他是我的同系學長，第一次見到他時，一身灰白色中山裝，手執摺扇，說話文謅謅的。

當他在使喚你時，若想對他發火幾句，都覺得在辱罵祖先似的。

「陶淵你醉了，我不是……」

「噓！」陶淵眼神飄忽，他用手摀住我的嘴。「別說話。」

倏然，一陣噁心感竄起。

「我知道，我什麼都知道……」

你知道個屁呀！根本就認錯人，我在心裡咒罵了幾句，撥開他的手，用力抹掉嘴上的細菌。

「呃！結婚後的妳……過得一點都不快樂，」他苦澀一笑，「如果……那時候在妳身邊的是我，不是薛赫那混蛋……就好了。」

他沉默了一會兒，忽然提高嗓音，「梓瑩小姐！……在下真的好不甘心，我不相信妳看不見我的心……妳一定知道，對不對？」

陶淵忽然轉過身，用力搖晃我的肩膀。

我實在看不慣他頹喪失志的模樣，不自覺地吼了他，「不想輸的話就把自己變成比薛赫更好的男人，站在邱梓瑩面前啊。」

「梓瑩小姐……」

「看看你現在是什麼德性，這是身為老闆該有的樣子嗎？」

聞言，他成了接受聖旨的小淵子，癱軟的身子瞬間直挺，抬頭挺胸。

「這還差不多。好了，現在自己走……哇啊！陶淵！你有病啊？」

陶淵像是得到獎賞的小忠犬，忽地把我摟進懷裡。「在下我真的真的非常中意妳。」

他加重力道，我的臉硬是被他埋進寬大的胸膛，頓時呼吸困難，「唔唔哇！陶淵！你他媽快放開我！」

「梓瑩怎麼會說這麼粗俗的話呢？不……沒關係，不管妳變成怎麼樣，在下都願意愛妳一輩子……」

耳邊不斷傳來陶淵溫柔肉麻的低語聲，酒醉的他力氣出奇的大，不似平日弱不禁風的病態貌。

最終抵不過他的蠻力，我放棄掙扎，任由他攬著。

「學姊她……就這麼好嗎？」

陶淵也好，薛赫也罷，她真的……就那麼好嗎？她就這麼讓你們念念不忘，讓你們寧願選擇忽略別人的好？

還未得到答案，一聲刺耳的喇叭聲貫穿我們的耳膜，陶淵身子震了下，一台寶藍色的奧迪從我們身旁呼嘯而過。

突然，陶淵僵硬地鬆開手，雙手環胸跳離我幾十公尺遠，活像被我非禮似的。

搞清楚，我才是受害者好嗎！

「晴妹我、我……」

總算清醒了。

「行了，什麼都別說！」我做出一個stop的動作，順手脫下腳上的高跟鞋。腳後跟都磨破皮了。

第二章　再遇見

接下來幾天，我的肝火幾乎都處於爆發期。

堆疊如山的文件需要翻譯，陶淵完全把一人當十人在使喚，每天都是朝八晚十。

「上回在下醉酒一事，晴妹心裡不知是否……過意不去？」

翻了翻白眼，自從上次陶淵醉倒在我身上後，他每天照三餐詢問我的感受。

工作已經夠忙了，身為老闆的他還盡是拿些不相干的事來惹我。

「算了、沒關係、不在意，哪個詞你不懂？」盯著螢幕，我加重敲鍵盤的力道，語氣很嗆。

「晴妹妳、妳……看起來不是很好，那時在下真不知情，若晴妹要在下負責……」

「噗！嘻嘻——」在一旁默默看好戲的蕙央和安恬兒，憋笑都憋紅了臉。

額角青筋跳了跳，我猛然拍桌起身。「你要是再問，我就去控訴老闆性騷擾員工，順便連壓榨員工這筆帳一起算，就讓你關到白髮蒼蒼，老死監獄！」

整間工作室的人，全被我一早的火勢騰騰，燒得一致停下手邊的工作。

蕙央雙手交握，一臉景仰，討好道：「說那麼一大串話，小晴一定渴了，我去倒茶！」

安恬兒拿著手機，「麻煩倒帶！我要錄下這歷史性的一刻。」

肇事者陶淵則掛著兩行淚，「晴妹妳還說不氣……」嗚嗚。

我才想哭。

中午我和蕙央結束和客戶的會議後，兩人一起偷個閒，跑到附近的咖啡屋喝下午茶。

看著窗外來來往往的人群，此時的我顯得特別悠閒。

坐在對面的蕙央忽然出聲，「兩年不見，妳好像變了，又好像沒變。」

「妳到底在說什麼啊？」

蕙央仍在打量我，「沒有啊，就是覺得自己養的孩子一夕之間長大了。」

「我以前真的有這麼糟嗎？」

「反正妳再怎麼糟糕，都有薛……呃！」蕙央的笑容一僵，「當我沒說。」隨後拍了下自己的額頭。

「我們已經分手了。」我再次提醒她。

相較於她的焦慮，我顯得雲淡風輕。其實本來就不是什麼大不了的事情，情侶有分有合，不懂大家對我們分手這件事為何如此放不下。

「妳跟薛……啊算了！光提到這名字我就有壓力。」

我輕笑道，「說到這個，學姊她真的離婚了嗎？」

「嗯，妳出國後沒多久發生的事。」蕙央感嘆道。

「那她現在……過得怎麼樣？」

「不清楚。」她聳聳肩，「如果我是她老公，有這麼能幹又厲害的老婆，自尊心都被踐踏到谷底了。」

我啜了一口香草奶茶，香草的味道伴隨著奶香在我嘴裡瀰漫開來。

「如果和薛赫在一起的話，就不會有這個問題了。」

聽聞，蕙央略為驚訝地看著我，「我現在才發現，原來妳也滿冷血的。」

我驚愕地指著自己，「我？」

我可是很大愛地放薛赫去追求自己所愛，甚至祝福他們有情人終成眷屬，我哪裡冷血了？

「不過，是薛赫親口告訴妳，他喜歡學姊的嗎？」

「有眼睛的人都看得出來好不好。」

薛赫喜歡梓瑩學姊，從大學開始就不是祕密了。

十個人之中有十一個篤定他喜歡她，多出的那一個是薛赫自己。

他本人不對此事做回應，所有人便一致將他的行為解讀為低調、不張揚，讓他在女性同胞們的心中，「好男人」這個標籤又更加根深蒂固。

但只有我知道，他根本是個面惡心更惡劣的傢伙。

蕙央哦了好長一聲，「那為什麼大四那年，妳會不顧一切和薛赫在一起？」

因為……我以為自己在他心中或許能成為例外。

我聳肩，語氣豁達，一派輕鬆，「反正到頭來就只是更加證明我不是那個例外囉。」

「欸，我們認識多久了？」

我被她跳躍式的問話給弄糊塗了。「什麼？」

「從大學認識妳到現在，怎麼說都有六年了，」蕙央扳著手指頭，「怎麼我還是不了解妳啊？」

我用著看神經病的眼神看著她，「妳沒事吧？」

蕙央忽然抓住我的手，眼神懇切地看著我，「妳老實跟我說，妳現在對薛赫真的已經沒有任何感覺了嗎？還是……」

又是這種問題。

我很乾脆地打斷她的話，「就算現在看到他和別的女人親暱地走在街上有說有笑，我也……」

我也……

盯著窗外，落葉透著陽光翻旋而下，殘留在他們唇邊的笑容像是鍍上一層金粉，光彩渲染了整條大街。

我也……

腦海裡像是跳針一般，不斷重複這句話，卻遲遲說不出——不在意。

蕙央順著我的視線，霍地睜大眼，大喊，「不、不會吧！那不是薛赫和邱梓瑩……」

我對她比出噓的手勢，讓她別往外看。

現在見面的話很尷尬啊。

「他們不會真的在一起了吧？」蕙央側過頭，用著審問的眼神問我。

「……我怎麼會知道。」我才剛回台灣，一回來就忙著工作，我什麼都不知道。

「妳不覺得生氣嗎？」她氣憤地說：「他們怎麼可以趁妳不在就這樣搞在一起！」

這位大姐，我和薛赫已經沒有任何關係，勉強只能算是朋友……吧？

「他們怎麼樣，說真的我們也管不著。」我安撫蕙央激動的情緒。

「沒關係！現在一切都不確定，我們還有機會的！嗯！」蕙央不知打哪來的自信，向我打氣道。

就在我想打斷蕙央的自我想像時，服務生的聲音在我耳邊響起，「兩位小姐是在找什麼東西嗎？」

慌亂下，我頭一抬，膝蓋同時用力撞上桌底，桌面發出巨大的陶瓷碰撞聲。「嘶——沒、事。」

服務生見我略為猙獰的笑容，微愣。

這些都不打緊，最讓我崩潰的是，服務生身後的兩個人也看見了。

一個滿臉錯愕，一個面無表情。

「那就好。」服務生很快地揚起職業微笑，「兩位這邊請。」他抬手，領著薛赫和學姊往我身後的位子落座。

我當然想過我們可能再次遇見的各種狀況，而我又該怎麼面對早已不是男朋友的他？

但真的遇見了，「好久不見，你好嗎」這種矯情做作的話，我怎麼也說不出口。

「好晴！妳什麼時候回來的？」梓瑩沒有移動腳步，反而停下來和我們打招呼。「真的好久不見。」

「回來快一個月了，學姊最近怎麼樣了？」沒想到她會主動和我們打招呼，一時間反應不過來。

學姊雙眼含笑看了下我們身旁的座位。「可以一起坐嗎？」對於這種親切漂亮的笑容，我最沒有抵抗力了。

我點了點頭，瞥見蕙央誇張且驚愕的表情，我笑了下，示意她安分點。

「請問兩位需要什麼？」

「一杯玫瑰水果冰茶。」

「生理痛別喝冰的。」薛赫輕聲制止，語調帶著寵溺。他抬起黑眸看向服務生，「改成黑糖薑汁奶茶。」

梓瑩不滿地噘嘴，但還是順了薛赫的意思。

「那你也別喝咖啡了，對身體不好。」她柔聲道，手指輕點下巴。「伯爵奶茶怎麼樣？」

「今天讓我喝吧，下午還要進公司開會。」

「你昨天又熬夜了是不是？還是我應該問你多少天沒好好睡覺了？」

我默默聽著他們的對話，儘管說著稀鬆平常的事，甚至是拌嘴，都透著真實的幸福和關心。

我和他在一起一年的時間，說長不長，說短不短，但足以了解一個人的喜好。

我知道薛赫習慣喝黑咖啡，和大部分的男生一樣，討厭甜膩的食物，這個習慣從我認識他之後，就不曾改變過。

加上他極度挑嘴，就算是黑咖啡也不見得就會喜歡，所以學姊這個要求，絕對會被他拒絕……

「好吧，那就這樣。」

「……噗咳咳！」在他遞出 Menu 給服務生的同時，我被奶茶嗆得直咳嗽。

「好晴妳沒事吧？怎麼跟個小孩子似的，喝東西還會嗆到。」學姊笑呵呵地說道，遞了張濕紙巾給我。

我乾笑著接過紙巾，正巧對上薛赫的眼神，他板著一張俊臉，勾起冷然的嘴角，字句嘲諷。「一樣笨手笨腳。」

學姊聽聞，用手肘撞了他一下，「別這樣。」

我笑著說沒關係，我沒有很在意。

我在意的是，原來兩年後，很多事都改變了。我將視線移往學姊，她笑容依舊甜美動人，時而低頭溫順地在薛赫耳旁輕語。

我失笑，原來我錯了……誰都沒變。

薛赫還是依戀著學姊，所以不管學姊說什麼、做什麼，他所有的堅持都可以為她破例。從他們一踏進咖啡屋開始，店裡的讚歎聲沒少過，不外乎是好登對，俊男美女，模特兒情侶諸如此類的讚美。

在如此強烈的光環下，我和蕙央理所當然自動被眾人忽略。

蕙央的臉很臭。

從以前她就很不喜歡梓瑩學姊，也唯獨這點她和長期鬥嘴的安恬兒達成共識。與她們兩個相反，我很喜歡學姊的不拘小節，她從不仗著自己的美貌和背景去欺壓人，是個有實力卻低調謙虛的好女孩。

瞧蕙央小臉氣鼓鼓的，但礙於薛赫這個光是坐著不動，就會給人一種無形壓力的人坐在對面，她也不敢隨便發作。

人啊，還是站在適合的位置才是善待自己。這個道理，是我在離開薛赫後才徹底領悟的。

薛赫和學姊在一起，才是最合適彼此的位置啊。

服務生很快地送上餐點。

「能考上英國研究所，妤晴真的很厲害呢，留學回來整個人感覺也不一樣了。」梓瑩歪頭打量著我，毫不吝嗇地讚美我。

「能被那麼正的美女律師稱讚，死而無憾了。」我笑道。

整桌就只剩我和梓瑩的聲音，薛赫不說話，蕙央無話可說，低頭滑著手機。

說真的，很不自在。

大學剛入學時，學姊已經大三了，我和她真正接觸的時間不多，何況她是先認識薛赫之後才間接知道我。

再說，雖然學姊個性很好，但她全身上下總是散發著一股神聖不可侵犯的氣質，彷彿我們是平民百姓，而她是高高在上的公主。

對她，我一直都是抱著「可遠觀，不可褻玩焉」的態度。

聊了一些我在英國發生的趣事，我順口問了學姊的近況。

「啊，還是老樣子啊，每天都要加班。」學姊無奈地笑了笑，小臉有些倦意。

「累了就休息吧。」直到剛才都沉默不語的男人，忽然開口道。

學姊睨了男人一眼，沒好氣地說：「我休息，你養我啊？」

「妳不介意的話。」男人揚唇淡笑，窗外點點陽光落在他的眼眉上，彷彿披上一層金色薄紗。

周遭的女性顧客，不約而同發出陣陣讚歎聲，其中幾個還被吃醋的男友扳過頭警告。

我沒說話，靜靜地看著他們。

兩個人大概想保持戀情低調，所以隻字不提，既然他們不說，我也無法祝福。可別認為我是個心眼小的女人，既然分手了，當然希望另一方能過得幸福。

雖然薛赫個性霸道高傲又有點討人厭（怎麼都是缺點），但畢竟都是過去式了。

「離婚的事還好吧？學姊。」蕙央的視線移開手機，一開口就炸得全場的人一片靜默。

我在心裡倒抽一口氣，雙手拉了拉蕙央的衣角，白了她一眼：不是讓妳安分點別亂說話嗎！

空氣頓時凝滯，學姊的美眸微愣，神情倏地僵硬，連笑容也定格許久。

「學姊？」蕙央追問。

「嗯，喔，離婚了，謝謝蕙央關心。」她輕輕一笑，快速斂下眼，白皙的手指不自在地摩挲著杯緣。

「這樣啊，聽說是學姊的老公在外面有女人……」

碰！

一聲巨響，打斷了蕙央的話和所有人的思緒，我抬眼看向聲音的來源。

「抱歉，」薛赫噙起一貫優雅的笑容。「手滑了。」

「小心點，都灑出來了。」學姊見狀，趕忙拿起紙巾細心地替薛赫擦拭。

我看了眼他握住杯子的手，彷彿再用力點杯子就會碎掉。

能讓一個總是將情緒隱藏得天衣無縫的男人輕易動怒，變得不理智，全世界只有她——邱梓瑩。

雖然這是早就知道的事實，但就像你重看一遍電影，依然會覺得壞人沒良心，好人死了會心痛一樣。

我現在大概就是那種感覺。

皺了皺眉，我用眼神示意蕙央別再說了，我也不喜歡這樣逼問別人的家務事。

直到服務生送餐點上來，才稍稍化解了凝重的氣氛。

「楊小姐，這是妳的蛋糕。」

「我沒有點這個。」

「是剛才坐在那裡的一位外國客人指名要給妳的。」

外國人？「嗯好，謝謝你。」

服務生又遞上一張黃色便利貼。「還有，這是他留給妳的紙條。」

待服務生走後，蕙央的大眼瞬間亮了起來，「這是這家店最有名的千層水果塔。」蕙央曖昧地推了推我，扮演起偵探的角色，「那個人知道妳喜歡吃水果塔，表示你們關係匪淺喔。」

我看了眼紙條，蕙央也湊過來看，「是誰啊？連妳的喜好都一清二楚，一定是認識的吧。怎麼都寫英文……唔哦！女朋友！」

她指著紙條上唯一的中文激動地大叫，「我看到了，他寫『女朋友』三個字！」

蕙央像是發現新大陸般，對我擠眉弄眼。「不錯喲！楊妤晴，真給我釣了個外國帥哥回來啊妳。」

聽聞，學姊欣喜地眨了眨眼，跟著蕙央那瘋女人起鬨。「妤晴在英國有對象？」

「沒有啦，妳別聽蕙央亂說。」我尷尬地澄清道。

但她們似乎都不相信，至於某個男人自始至終都沒有參與話題的打算，靜靜地喝著奶茶。

修長白皙的手指在桌面上有一下沒一下地敲著，神情淡漠地望著遠方，讓人猜不透也摸不著。

即便兩人曾那麼親近過，我……還是不了解他。不知道聽到這些話的他會怎麼想，有沒有那麼一點點在意呢？

無所謂。都結束了。

「那我先走了。」拿起一旁的手提包，我站起身。

「趕著會情郎啊。」蕙央真煩。

拐了她一下，我也懶得浪費時間解釋。「水果塔留給妳，或是拿回工作室給恬兒。」

「我才不要給那隻鵝吃咧，浪費！」

「順便告訴陶淵，我下午不回辦公室了。」

蕙央迫不及待吃了口水果塔，嘴邊還沾著奶油，朝我豎起大拇指。「遵命，慢走。」

「學姊，還有呃……薛赫，我先走了，掰掰！」

薛赫晃著杯裡剩下不多的奶茶，漫不經心地點頭，看也沒看我一眼，冷漠到極點。

學姊似乎察覺氣氛不對，立馬起身溫暖地牽起我的手。「路上小心，改天再聊。」

「我會好好幫妳想理由搪塞陶淵，絕不會說——妳去約會！」蕙央含糊地喊著。

遠遠的，我掄起拳頭作勢要揍她，最後笑著推開店門，心想他應該還沒走遠吧。

紙條沒有屬名。

但能把女朋友和女生朋友的中文嚴重混為一談的，只有他了。

步出店外沒幾步，口袋裡手機震了下。

點開通訊軟體，一個高大男孩頂著一頭蓬鬆柔軟的金髮，圍著圍裙，手裡拿著鍋鏟，背對著朝鏡頭比了個 YA 的手勢。

那是他在英國為我做的第一頓早餐。

那時候我還開玩笑說，要是他當不成教授，改開餐廳應該也挺賺的。

親愛的，笑什麼這麼開心？周圍的男士們都目不轉睛地看著妳呢。

調侃我的功力，也是一流的。

剛剛有個帥哥搭訕我，心花怒放啊。

妳這麼有人氣，叫我這個在幾千英里外的男朋友怎麼放心？

他貼了一張斜靠牆壁默默流淚的卡通圖案給我。

我對著螢幕失笑出聲。

我們的對話總是這麼沒界線，卻保持在好朋友的範圍內——不進不退，剛剛好。

到現在還搞不清楚男女朋友和普通朋友的中文，虧我們還一起生活了一年，有損我這個台灣女、生朋友的顏面。

抬眼，映入眼簾的是一頭金燦燦的暖黃色捲髮，在陽光下閃閃發亮。

墨鏡遮住他湛藍的雙眼，男人慵懶地倚著一台銀白色敞篷車，光是站著不動，也隱藏不住他出眾的氣質。

短短幾分鐘他身旁就圍繞了許多想搭話的女性，我站在不遠處看著這久違的一幕。

他站直身軀，微微一笑，從流利的英文轉換成帶點英國腔的中文。「不好意思，我女朋友來了。」

聞言，我吐了一口氣，果不其然所有女生都朝著他走來的方向——瞪過來。

男人停在距離我五步之處，露出有點孩子氣的笑容。

「女朋友。」他說，敞開雙臂。

「女生朋友。」我糾正道，但還是筆直朝他走去，笑著抱住他。

「I miss you so much.」

我笑著應聲。

「等等，Chris 你先……先放開我……」

「Why?」他不解。

不是我要破壞氣氛，而是我感覺快喘不過氣來了。

「我……我快不能呼吸了啦！」他抱得太緊，幾乎將我埋進他的胸膛裡。

「Oh!Sorry!」他立刻鬆開手，咧嘴一笑。「我太想妳了。」

吸了一大口氣，調整一下呼吸，雙手插腰，我抬高小臉，露出大大的笑容。「歡迎來到我的家鄉。」加深臉上的笑意，「這次換我帶你參觀我的地盤。」

Chris見狀，爽朗地大笑幾聲，伸手揉了揉我的頭髮。

我們在馬路邊聊了起來，其實也不是不想找地方坐下，只是兩人一開口就停不下來。

Chris告訴我他決定來台研習十個月，順便確認一些事，至於是什麼事他堅持不說，只丟了一句：「總有一天，妳會知道的。」

搞什麼嘛，神祕兮兮——

「你來這裡的事，伯父伯母怎麼說？」

「高興都來不及了，還叫我帶好多英國的東西給妳，行李差點超重。」

他調皮地捏了我的臉頰一把，「我爸媽偏心，比較愛妳。」

哀哀叫之餘，我讓Chris記得替我謝謝他們。我在英國那段時間，他們真的很照顧我。

「害我都不好意思了，也沒能為你們一家做什麼。」一味地接受好意。

「那就早點愛上我，成為我們家的媳婦，就是送他們最好的禮物了。」Chris笑嘻嘻地說，令人無法分辨這話的認真程度。

我愣了下，對上他明亮透淨的藍眼，眸裡清楚倒映著我的臉孔，讓我一瞬間接不上話。

他的眼神盈滿笑意，突然一陣狂風打亂了我們的頭髮，他順勢撥開遮擋我視線的髮絲。

他彎腰俯下身，在我耳邊微微啟唇道。

「Just kidding.」

「……」

「我走了，掰掰。」回到工作室外，我下車朝 Chris 揮揮手。

「下班我會來接妳。」

我點了點頭，目送 Chris 的車駛離我的視線。

前腳才剛踏進工作室，四面八方同時傳來犀利的目光，我頓了一下，察覺不妙，打算轉身就跑！

「站住！」三人異口同聲。平常有這種合作精神就好了。

蕙央和安恬兒分別從兩旁勾住我的手，陶淵則雙手背在身後，在我眼前來來回回，走來走去。

「自首無罪。」

「承認加倍。」我默默加了一句。

「沒錯！……欸！不是啦！」蕙央將我按進座椅，「剛剛送妳回來的就是點水果塔給妳的那個人對不對？」

我點了點頭，按下電腦開機鍵，一點也不意外全工作室的人都知道 Chris 的事。蕙央那個大嘴巴。

「哇靠！看起來就是多金帥哥！」

「別攔我！我也要出國留學！」

「這是準新娘該說的話嗎？……喂喂！陶淵我從今天開始要請長假……」

想了。」

受不了她們！待他們的自我想像結束後，我一字一句清楚說道：「我們只是朋友，別再有什麼奇怪的遐想了。」

「天啊天啊！這不叫暴殄天物叫什麼？」蕙央抱頭大喊，「楊妤晴，難不成妳要等到變成老姑婆才要找男人嗎？」

安恬兒環胸，一臉審視道：「從以前我就很納悶怎麼什麼好事都往妳那去，先不說洋人帥哥，當初商學院的風雲人物薛赫也是給妳拿下……」

安恬兒話還沒說完，一旁的陶淵摺扇一甩，直接遮住她喋喋不休的嘴。「別在在下面前提起那位不良奸商。」

第一次覺得陶淵的存在是有用的。

安恬兒用力拍開扇子，抹了抹嘴，說著髒死了，隨後趾氣高昂地大聲嚷嚷：「把不到邱梓瑩是你長相實力都有問題！誰會想跟原始人在一起啊？」

「安妹妳……！」

「我，我怎樣？想當初你就只是薛赫底下掛名的副會長，成天被人使喚來使喚去！」

安恬兒哼了一聲。

誰都可以槓上，但千萬別不識相去招惹母老虎。瞧她罵人的功力，依然一秒就能把人逼上絕境。

我默默為陶淵哀悼五秒鐘。

礙於這是事實，陶淵無法反駁，最後竟將苗頭指向我。

「追根究底還不是晴妹的錯！怎麼可以跟薛赫說分手就分手？」陶淵憤憤地用摺扇指著我的鼻子。

「這怎麼能怪我？」

「分手一事是不是妳提的？」

「是啊。」

「為了什麼？」

我被三柱抱胸的電線杆齊齊圍住，每個人都一臉「妳說說看，妳說說看呀！」的表情。

我沒有遲疑太久，坦然道：「他從來沒愛過我啊。」說完轉頭面向電腦，點開資料夾。我說得極輕、極淡，彷彿是在說隔壁老王出軌的八卦。

現場一片寂靜異常，在我的預料之中。

平常在工作室，總覺得我楊妤晴很沒個人隱私，都怪那三位八卦大叔大嬸，總愛搬出我的戀愛史。拚命挖呀挖，等我毫不保留地給出答案，他們卻像看到外星人光臨地球，驚訝得睜大眼說不出話來。

陶淵首先回過神，隨即像被針扎到的毛小孩，跳腳道：「不管怎麼說，妳就是罪魁禍首！薛赫這妖孽妳就該乖乖收著，怎麼可以放他出來？」

我翻了個白眼，這話題還沒結束嗎！況且在薛赫的世界裡，是他挑女人，不是女人挑他。

我上下打量陶淵一番，「老話一句，實力長相都有問題。」我和安恬兒爽快擊掌，雙方一臉「我懂妳」的欠揍表情。

陶淵氣結。

「妳這不正好給了那混球接近梓瑩小姐的機會，要是薛赫獸性大發，對梓瑩小姐做出什麼卑賤下流的事，晴妹妳負得起責任嗎？」

現在是怎樣？所以我之前被薛赫怎麼樣都沒關係嗎！

「難怪你追不到學姊。」拍了拍他的肩，我感嘆。

他們突破萬難終於在一起，現正墜入愛河中，巴不得把對方揉進自己身體裡啊。早晨起床一睜眼就是心愛的人可愛的臉龐，接著再來個熱吻，多浪漫、多幸福美滿——

「你沒事攪什麼局啊！」

陶淵被我罵得莫名其妙。

「是我的錯覺嗎？」沉默了好一會兒的蕙央，忽然默默飄出一句。「小晴妳好像愈講愈生氣欸。」

算了，蕙央妳還是保持安靜比較惹人愛。

「別在我面前提到他了，很煩！我跟他已經徹徹底底地結束了，至於原因我想你們都很清楚，我對他也沒有任何不滿，反正就是這樣了。」

有時我挺詫異，身為當事人的我，居然能置身事外，我真的不怪薛赫，何況這也不是他的錯。回想起我們曾經在一起，牽手、擁抱的那些點滴。

那時候的我們，真的是愛著彼此的吧？

陶淵幼稚地指著安恬兒，悄聲說是她先開始的。

「OK，工作！工作！」我吆喝所有人回到工作崗位，但就在大家全神貫注進入工作狀態時，我卻神遊了。

在外人看來我是個多麼傲慢、故作姿態的女人，我無法否認，誰叫我甩了如此優秀的男人。曾經，我站在最優越的位置——他的身側。如今，我選擇拱手讓人。

明知他心裡住著另一個人，明知不管自己多努力，他依然不會是你的。
將不相愛的人捆在身邊，只是讓寂寞，加倍寂寞。
薛赫或許可以，但我不行。

第三章　狹路相逢

陶淵直直地瞅了我一眼，忽然一臉痛苦地捂著胸口。「啊啊……被這麼一說，在下的心臟，承受……不了，呃！打擊……」

「老闆！老闆！」一群無知的小工讀生湧上前，扶住陶淵逐漸軟下的身軀。半睜著眼，他微微起身。「叫……Boss！呃啊！」又躺回去。

「Boss！Boss！」

臨死之前，還是挺堅持自己的原則的。

我冷眼看著面前宛如白雪公主死去，七個小矮人圍在一旁落淚的悲情場景。

是有沒有這麼誇張啦？遇到不想回答的問題就裝死，有你這種不負責任的老闆嗎？

「喂！」我踢了踢躺在地上的陶淵。

他雙手環胸，閉眼。什麼公主，在我看來就是具木乃伊……

「我問你，最近客戶量是不是大幅減少了？」至少耳朵沒聾吧。

「……」還是不答。

倒是身旁的小矮人們紛紛抬起疑惑的眼神看向我。

「為什麼？」最近能接的案子實在太少了。「你是不是又跟那些老闆說了什麼不該說的話！」

皺眉，我幾乎不用想就知道答案了。

據這位躺在地上的先生表示：自己是個高風亮節，出淤泥而不染的正直人士，官商勾結或是收人賄賂，這種低等汙穢的事，他不做，也不屑做！

OK，我欣賞。現今社會這種君子的確不多了，值得讚賞。

但是！重點來了。他維持他剛正不阿的處事態度就好了，偏偏那張嘴就是克制不住地不斷勸人向善，雞婆要人別為了小錢而賠了信用。

忠言一向逆耳，可想而知，那些客戶之後當然將我們列為拒絕往來戶。

「哎呀！小晴妳別理他，妳不在的期間不知道叫他閉嘴幾百次了。」

「原始人聽得懂中文就不是原始人啦。」安恬兒一派輕鬆，說話直白但……中肯。

「這樣下去下個月的薪水發不出來怎麼辦？」

提到錢就傷感情。下一秒，我看到所有工讀生集體棄「屍體」而去。

「真是！」我上前補了他一腳。

坐回位子上，我瀏覽著網頁，看來不主動去找些翻譯工作，工作室遲早會倒閉。想起前幾天閒來無事投了幾份履歷應徵兼差工作，我點開電子郵件。

從一堆廣告信件中忽然發現一封來自「天海公司」的信件，我好奇地點進去看，是封錄取通知信，且信中已經傳來需要翻譯的文件。

「國際公司果然就是不一樣，好有效率。」我喃喃自語道，順手回了信。

當初會投履歷，其實也是想碰碰運氣，畢竟陶淵的工作室在業界並不有名，合作的客戶大部分是熟客。

所以我想，如果我多接觸一些在國際上較有名氣的公司，或許能達到宣傳工作室的效果。

「哇！這麼輕易就拿到合約。」蕙央湊近。「合作幾個月？」

「三個月，合作方式也很簡單，他們定期傳送翻譯文件過來，我翻譯完後，他們確定沒問題，就會將錢匯入工作室的戶頭裡，薪資還意外地很優渥。」

「謝謝妳拯救這個月大家的月銀，晴妹妳幫了好大一個忙。」陶淵忽然一把鼻涕、一把眼淚，半跪在我的椅子旁。

搞什麼啊！我嚇得站了起來。熟料他緊緊抓住我的手臂不放。

「陶淵你終於瘋了嗎！」我驚叫。

「他從來沒正常過好嗎。」她們兩個還在那說風涼話，趕快把他拉走啊！

之後，終於把哭哭啼啼的陶淵架離我十公尺遠，我才得以喘口氣。

「嗚嗚，晴妹……」

「好好！我聽到了，你坐在那裡講就好了。」只要別撲過來，什麼都好說。

陶淵露出討好的笑容，其餘一票工讀生也衝著我直笑，不斷喊著「晴姊姊，工作室不能沒有妳」、「我們很愛妳」，諸如此類的肉麻話。

「Wow，原來晴在台灣這麼受歡迎啊。」遠遠傳來一道帶著笑的聲音，夾雜濃濃英國腔。

尋著聲音探向外頭，瞥見一個熟悉的面孔，笑得陽光燦爛。

直到剛才還纏著我不放，無論是抱腳抱手抱腰的工讀生們，全都一溜煙貼在玻璃門上，目不轉睛地盯著外面的金髮男人，把我晾在一旁。

剛才的「不能沒有妳」呢？

❖

車內，耳邊傳來 Chris 好聽的大笑聲。「晴的朋友真可愛。」

「唉，我當初怎麼會想蹚這渾水。」

Chris 笑著一手操控方向盤，另一手一如往常地揉著我的頭。「晴果然就是晴呢。」

「說什麼啊你？」

「總是這樣，表面看起來很強勢，但其實內心比誰都善良。」

努努嘴，「我就是濫好人怎麼樣！」

Chris 聳肩道：「我喜歡。」

「你中文是不是退步了？」

「怎麼說？」他挑眉。

「因為我都聽不懂你在說什麼。」

語畢。兩人靜默了幾秒。

他突然爆出一陣乾淨的朗笑聲，彷彿自高處沖刷而下的瀑布，清澈且舒服。

「我就是喜歡這樣的妳。」

他再度舉起手帶點寵溺地揉亂我的頭髮。

「喂喂喂！不要亂摸，很值錢耶。」我笑著左閃右閃，不讓他再把我的頭髮弄得更亂。

我和 Chris 並不是一開始就這麼要好。

沒有！完全相反！我們根本是超級死對頭！

在學校見面就算了，回到寄宿家庭還要面對那張陰險笑容一起吃飯！噢，那陣子我過得超痛苦的。

剛到英國時，人生地不熟，英文也不是很好，經常遇到很多挫折。

最常遇到的情況就是——有理說不清。

那時候的 Chris 還只是個老教授身旁的助理，他明明知道我英文很破，卻每次都喜歡趁老教授還沒來時，藉機找我麻煩。

有次他故意問我對上次的課程有什麼建議？英國和台灣最大的不同點在哪裡？你覺得英國是個怎麼樣的地方？諸如此類的問題。

因為無法用英文表達，通常我都會選擇笑而不答，但那時我還不知道 Chris 這麼老奸巨猾。

噙著光芒萬丈、閃瞎人的明朗笑容，等妳。

對，和台下數十人一、起、等、我。

當下，我彷彿是快被燒滾的熱開水，心臟噗通噗通，如坐針氈。心裡多想衝上前，把那張好看的臉揍成豬頭！

「怎麼了？是台灣人都這麼沒自信，還是……」他歪頭，笑意加深。「只有妳。」

被他三番兩次當眾挑釁，加上離家遠無依無靠，還有剛跟薛赫分手的低落情緒一湧而上。

我又氣又難過地瞪著他，他的眼神在回看我時微微一閃，我才發現……我哭了。

我居然哭了。

情急之下我粗魯地抹掉臉上的淚痕，同時，老教授也來了。

臨走前，Chris 站在台上，碧藍的雙眼凝視著我，淡淡地問了一句：「妳，為什麼來英國？」

聞言，我驚訝地抬眸，只因這句話已經不是我不懂的語言。

從那天開始，Chris 不再處處跟我過不去。對於他的轉變，起初我很不習慣，甚至覺得他噁心巴拉。動不動就摸我頭，把我當小妹妹看待，看我因摸頭一事氣炸毛的模樣就特別開心，總覺得是換另一種方式在折磨我。

漸漸地，我也就習慣兩人這樣的相處模式。

而他從來沒有問我，那天為什麼哭。

❖

「爸、媽，還有哥，這是 Chris，我在英國那段時間，他們一家人很照顧我。」

Chris 很有禮貌地鞠躬，「您好」兩字的中文發音特別標準。

「你好，謝謝你們對晴兒的照顧！」老媽笑臉迎人，熱情地邀請 Chris 進來坐。

至於父子二人一臉戒備，兩雙眼睛直勾勾地盯著 Chris。

他也不慌張，給了他們一個笑容後，跟著我一起走進飯廳。

五個人圍繞在飯桌，氣氛莫名詭異，對面那對父子不說話也不動筷子，死盯著始終保持微笑的 Chris。

「大家開動吧。」我率先夾了一塊糖醋排骨給 Chris，「我媽做的菜很好吃喔。」

他笑著說聲謝謝。

爸和哥目睹全程，一致端起自己的碗遞向我。

「幹麼？」

「我們也要。」

「自己夾呀。」他們齊齊望向 Chris 的碗，「啊！你們真是……他是客人欸！」

看不下去的老媽隨便夾給他們幾根菜了事，父子倆才不甘不願地扒了幾口飯。

「你現在住哪？」媽媽關心地問了他。

「目前住飯店。」

「飯店？怎麼沒跟我說？我可以幫你找房子，或是直接住我家……」

「咳！咳！」

兩道突兀的咳嗽聲，惹得 Chris 直笑。

「你有什麼需要幫忙的要跟我說，不然伯父伯母會以為是我對你不好。」

「是啊。」他答得很順。

我用手拐了他一下。

老媽在對面笑呵呵地看著我們嬉鬧，不出所料，下一秒就看見那對父子同時放下碗筷準備起身。

「爸和哥也多吃一點。」

幹什麼！幹什麼！都給我坐下！

❖

Chris 來台研習的學校，正好是我以前就讀的大學。

所以，我便就近在學校附近幫他找了房子，那裡也是我大學時期的住所，除了一年級住宿舍外，其他三年我都住在這棟大樓，跟房東阿姨混得很熟。

因此房東阿姨聽到我在幫朋友找房子，二話不說立刻就答應了。

我縱身躺在鬆軟的沙發上，「阿姨人很好，你有什麼問題都可以問她。」翻身，我踢著兩條腿用遙控器選著電視節目看。

「說要幫我搬家，我看妳是負責搞破壞吧。」

「哪有！我要幫忙搬行李，你說太重，你來就好。我要幫你打掃，你又說東西沒整理好，掃了也是髒，那請問我要幹麼？」

我嘟著嘴，不滿道。

他只是笑著揉了揉我的頭髮。「什麼也不用做，就待在那。」

看著他忙進忙出，實在良心過意不去。「不然我去買點吃的回來，慶祝你搬進新家！」我開心地提議道，Chris 點頭算是贊同。

已經兩年多沒回到學校附近來了，多虧他搬到這裡，才讓我能重溫回憶。

走著走著，最後，我決定混進學生餐廳，因為實在太想念阿姨的滷味和玉米濃湯。

學校沒有太大的改變，寬敞的林蔭大道，兩旁充滿著綠意盎然的大樹，跟我當初離開時的情景不一樣。那時候冬天的腳步近了，葉子枯黃，隨風凋零，整條大道陰森森的，怪恐怖。

發現時間還早，於是我晃著輕快的步伐，漫步在學校的各個角落。雖然學校很大，但除了上課的文學大樓和宿舍外，我幾乎很少去其他地方。

哦對了，辦公室和學生會倒是很常跑。待我回神，我的腳步不自覺停下，發現自己居然站在曾經每天來回奔波的長廊上。

我打開學生會的大門，橙黃的光線自上頭的窗戶灑下，空氣中漂浮著細小的粉塵。

薛赫是我們這屆有名的會長，他的辦事效率高，什麼事交到他手裡，就等於成功一半。

陶淵是副會長，就像安恬兒說的，真的只是掛名。

想起那時候，陶淵在每次系上的家族聚會中，總是要說上一小時薛赫的壞話。大四那年，我和薛赫交往的消息一傳出，反倒不是蕙央那群損友先拷問，而是陶淵第一個打電話轟炸，那是我這輩子第一次聽他說話能夠像機關槍似的，完全沒有停頓，也沒有任何逗號。

「晴妹在下我聽聞妳妳妳和那個商學院奸商在一起的傳聞是不是他逼妳簽什麼賣身契晴妹這不妥啊！」

那陣子，陶淵像是遭到背叛，對我一直很不諒解。

實在看不下去他日日委靡，我只好試圖安慰他。「學長你想想看，這樣學姊就是你的啦，沒有人會跟你搶。」

一旁喝著飲料的安恬兒，淡淡地瞥了我們一眼，「你們不知道嗎？」

行。

「知道什麼？」

「學姊早就有一個論及婚嫁的未婚夫了。」

噔愣！

看著陶淵瞬間蒼白的臉，「呃……抱歉。」但我心底還是替學姊感到慶幸，至於蕙央早就在旁邊笑到不行。

回想起過往那一幕幕，嘴角忍不住上揚。

我的手指滑過桌子。會長的立牌更新了，會長室也重新擺設過，我瞥了一眼牆上歷年來的會長相片。薛赫的頭像，彷彿鑲上鑽石那般璀璨，讓我得以在數十人中，立馬就能發現他的身影。

我將視線往下移，在他頭像旁除了有副會長，還有一條額外分出去的支線，上頭燙金的樣式，寫著「吉祥物」三個大字。

我當場翻了個大白眼，混蛋傢伙，怎麼可以把我的名字寫在吉祥物代表上。

重點是上面的頭像，還是我趴在桌上睡著的照片，臉浮腫，還素顏！這可是全校最榮譽的學生會，要是每屆這麼傳下去，我以後要怎麼見人啦！

我憤憤地從手提袋中取出手機，滑開解鎖，打開聯絡人的畫面。「可惡！居然趁我不注意的時候亂來！」

我按下撥出鍵，心裡已經先預備好一長串罵人的台詞。

「嘟嘟——」

喀！接通了！

電話那頭安靜了幾秒後，他喂了一聲。

「薛赫！」當我喊出他的名字時，忽然覺得世界都靜止下來。

「……」

「……」

我在手機另一頭整個石化，我怎麼能打給他，我……忘記我們現在已經不是可以朝對方大呼小叫的關係。

為了不讓彼此難堪，對外只好聲稱我們是和平分手，但事實上疙瘩一直都在。

「什麼事？」

「呃……抱歉。」我唯唯諾諾地答道，「我打錯電話了。」我的膽子每次碰到他就會自動喪失功能。

「明明喊了我的名字。」

我滿臉尷尬，不斷罵自己是白痴。「就、就真的打錯了，掰掰！」我立刻掛斷電話，還很沒用地關機，就怕他回撥。

看了一眼會長的黑色皮革座椅，不知道為什麼浮現他當時坐在那裡，在眾幹部面前質問我的那一幕。

那天，屋內氣氛沉悶，所有人繃緊神經，手臂貼臀，靜待座位上正揉著眉心的男人開口。

「楊妤晴妳又遲到。」黑眸微瞇，修長的手指有一下沒一下地點著木質桌子，幹部們屏氣凝神，大氣都不敢喘。

當時的我，似乎也站在這個位置，怯怯地看著一臉風雨欲來的他。

那年我們還沒在一起，開會當日是寒假期間，也正好是情人節。

因前一次期末開會那天，我心心念念的都是禮拜五新推出的水果塔，偏偏薛赫又像個女人家似的，一上台總有說不完的話。

「楊妤晴妳記下下次的開會日期了沒？」

「記了記了。」我敷衍道，惹來他的瞪視。

結果可想而知，我記錯日期了，所以寒假開會那天大遲到，一臉悲憤地站在他面前。

「呃，親愛的會長早安，今天天氣真好，溫度濕度風向都很適合出門約會。」

……說我剛剛扶一位老奶奶過馬路，不知道他信不信？

「過年要到了，也很適合大掃除。」

「……」

那時候我在想，上天一定是知道我小時候常在螞蟻窩裡灌水，毫無人性地殺死數百條生命，所以派惡魔來專門處置我吧。

我苦笑著嘆了口氣，轉身離開學生會辦公室。

步行前往學生餐廳買到朝思暮想的食物後，我走回Chris的住所。途中，我鼓起勇氣開機。

我緊張地等了幾秒，螢幕亮起，跳出的通知是未接來電三通，我看了一眼上頭的人名，失落的情緒一擁而上。

同時，手機又響了，我接起，「喂？」

「晴，妳在哪裡？手機怎麼關機了？」

我為什麼會期待呢？我不可以。

「晴？」

「嗯、哦，我手機忘了開機，我正要回去。」

「好，注意安全。」

回去的路上，我走在斑馬線，抬眼的瞬間，遠遠就望見對面兩抹並肩的身影，兩人模特兒般的好身材，在人群中顯得十分亮眼，甚至還有路人拿起手機對著他們猛拍。

他們的笑聲和談話聲，在我的腦袋裡嗡嗡作響。

他們的身影，就像我第一次在學校遇見他們的時候一樣，毫無違和。

我別開眼，在雙方交會的剎那，我明白，從今以後，我們只能是陌生人。

❖

「妳要出差三天兩夜？」工作室爆出一陣驚呼。「去做什麼？」

「天海的翻譯人員短缺，臨時要我陪同前往，薪水雙倍哦！」我比出二的手勢，「住宿和三餐也由他們全額支付。」

「太好了吧！」蕙央羨慕道。「我也可以去嗎？」

「只有一個名額。」我笑道，打碎她想翹班的美夢。

蕙央噘嘴。

「妳還真敢，對方長什麼樣都不知道，隨便掛上一個天海的名字妳就信了，也不怕被騙。」

「我找 Chris 一起去，要是真的被騙了，大不了我就順便帶他遊台灣。」我非常開心看見她們臉上出現「妳奸詐、妳狠、妳行」卻又帶點羨慕的表情！

隔天臨走前，那對父子老毛病又犯了，一個吵著要請假不上班，一個不進研究室，說什麼都要跟著我去出差。

然而不管十年前，還是十年後，媽媽這世上最強大的生物，一個眼神便將父子兩人逼著乖乖坐回餐桌前吃早餐。

「好好玩，路上小心。」

嘴裡含著飯菜的父子，下一秒從門口探出頭。「到了記得給我們打電話！」

「知道了，我走了。」

我依照信件上的地址，開車前往總公司，早晨的車潮擁擠，路上充斥著喇叭聲。我看了一眼手錶，應該可以準時抵達。

我的手指敲著方向盤，等待三十秒後紅燈轉為綠燈。就在最後十秒，一位老奶奶手裡提著大包小包，似乎剛從菜市場買完東西，艱難地在斑馬線上小跑步，卻一個不小心，袋裡的蘋果滾落一地。

她焦急地彎下腰想要撿起蘋果，眼看時間不夠了，這樣下去不行，便立刻將車開到路邊下車幫她。

「奶奶我幫妳撿吧，妳先過馬路。」

聞言，奶奶邊道謝邊快步走到馬路對面，此時號誌已轉成綠燈，她緊張地朝我招手，「小姐別撿了！危險！趕緊過來這兒！」

雖然可以通行了，但大家還是很有愛心地停在原地等我撿完。

這時，一台黑色轎車拉下車窗，駕駛表情不悅地扯著嗓子：「快點！老子趕時間！我遲到被扣薪水妳負責嗎？」

他不滿地拍著車身，周圍停下的車輛，開始議論紛紛。

我向他露出歉意的笑容，提著蘋果袋起身，朝他的車走去。

「妳、妳走過來幹麼？還不讓開嗎，後面車子都堵住了！妳還真以為自己日行一善啊！快點讓開，別浪費大家的時間！」

「不好意思！造成您的困擾。」我笑咪咪地說道，「但一大早的，你真的很吵。」同時，我拿起一顆剛才掉在地上，並且有些撞傷的蘋果，直直地塞住他的嘴巴。

「上班順利啊！」我微笑。

周遭一片鴉雀無聲，過了幾秒，人群開始拍手叫好。那名上班族的臉瞬間漲紅，立刻拉起車窗，駕車逃走。

「奶奶，這給您。下次別硬過馬路，很危險的。」我將蘋果遞給她，「然後抱歉，我把一顆蘋果給了別人，我賠錢給您。」

聞言，奶奶爽朗地大笑，「好！很好！妳這小傢伙太討喜了，錢就不用了，給我妳的聯絡方式，改天我請妳吃飯。」

「不用啦，這怎麼好意思。」

「妳救的可是我的命，我請妳吃一頓飯，還算是占便宜。」

「奶奶，真的沒關係……」我看了一眼手錶，已經快遲到了。「好，奶奶這是我的名字和電話，我趕著上班，有什麼問題再打給我。」

奶奶笑著說好，朝氣十足地向我揮手說再見。

到達總公司時，我四處張望。

「請問是楊小姐嗎？」

眼前的女人身穿白色雪紡紗搭配窄裙，儘管用詞禮貌，但她銳利的眼神卻毫不客氣地上下打量我。

「是的。」我點頭。「妳好。」我禮貌地伸出手想和她握手。

「妳好。」紅唇勾起，她刻意忽視我舉在半空中的手。「我是尤莞琮，總監的貼身祕書。」

不知道是不是我的錯覺，她似乎特別強調「貼身」二字，渾身上下充滿對我的敵意和滿滿的挑釁。

看來這陣子都要看人臉色過活了。

「妳遲到了五分鐘。」

「是，對不起。」

「對不起有什麼用？」尤莞琮哼了一聲，「所有人都已經出發了，都是妳害我們部門要在這等妳。」

「抱歉……」

「我在信裡是怎麼跟妳說的，七點半準時出發，現在都四十五分了！」尤莞琮也不管周圍的員工，刻意拔高音量，語氣尖酸。「我要怎麼跟上層交代？真是的！總監幹麼沒事要跟你們這種沒沒無名的工作室合作，一點保障都沒有，職業態度也是差到極點！」

忍住！忍住！楊妤晴妳絕對要忍住！畢竟是自己遲到在先，不能再給別人壞印象了。

因此我只能不斷道歉，但尤莞瑢似乎看我不太順眼，始終不放過我，不斷地數落我。

「人是我請的，有什麼問題嗎？」一道男聲傳來。

「總監。」原本還不肯罷休的尤莞瑢，看到上司，立即噤聲，恭敬地向對方頷首。

雙手插在口袋，他踩著優雅的步伐向我走來。「快八點了，別再浪費時間。」

我盯著眼前的他，合身的白色襯衫，配上一件灰色休閒西裝外套，他看了一眼手錶，最後對上我的視線。

「遲到的部分會從妳的薪水裡扣。」見我不回答，他挑起好看的眉宇，「有什麼問題嗎？」

「沒有。」

「尤莞瑢妳負責開車，讓其他人上車。」他簡單地下了指令，眼神瞟向我，「上車。」

「我、我嗎？」

他沒答話。逕自走向一台寶藍色奧迪，除了覺得車身眼熟，更多的是不知所措。下一秒，他忽然側過身，「妳還要浪費多少時間？」

「喔。」

我跟在他後頭，看著他走向駕駛座，我也打開後座的車門，他忽然停下動作，看了我一眼。「坐到前面來。」

我一臉錯愕，還沒來得及開口婉拒，就被他的眼神威嚇得只能點頭，逼迫自己露出欣然接受的表情。

「是。」

我讓自己的注意力放在窗外逐漸變換的風景，告訴自己不要在意身旁的男人！

車上的空調明明正常運轉著，我卻覺得呼吸困難，心跳像是要衝出胸口。

我腦袋裡的小人正抱頭崩潰，儘管如此，我還是得表現出一副沒事的樣子。

怎麼會是……薛赫！怎麼會？

一想到三天兩夜都要和他在同個空間相處……我現在是不是該裝病，說我去不成？

這時，Chris 打了電話過來。

「喂？」

電話那頭是他平時乾淨爽朗的笑聲，「晴，妳在哪了？」

我看了一眼窗外，「剛出發三十分鐘。」

「妳自己開車嗎？」

「呃不，是……總監開車。」

「總監？」另一頭的 Chris 感到驚奇，「待遇不錯喔。」

我聽了簡直要哭出來。總監接送當然不錯，但前提這個人不要是前男友。

「嗯嗯，還可以。」

「順利就好，我在教授這邊，忙完就開車過去，預計晚上會到，保持聯絡。」

「好。」

收了線，我吞了吞口水，離目的地還有一個半小時，也就是說，我要維持挺直腰桿這個姿勢這麼久一段時間。

本來還想在車上補眠，現在怎麼可能睡得著？

這期間我試圖想向蕙央求救，但認真想想，不在我身旁的他們，究竟能幫我什麼？頂多也只是嘲笑我幾句，要我自己多保重吧。

想到這裡，我也只能哀怨地望著窗外，腦袋不斷地想著薛赫聘請我的用意何在？是不是想報仇？還是想跟我討回之前交往時所花的錢？

但不管怎麼想，薛赫都不像是這麼小氣的人。

瞥見車道上站了幾個人，「欸，等等。」我按下窗戶，薛赫見狀，放慢車速，我伸出手接下外頭發傳單的人遞過來的廣告單。

「謝謝。」

「不客氣。」我朝他們笑了笑。在這種烈日下發傳單實在很辛苦，所以通常我開車經過時，都會停下來索取。

轉過頭來，臉上的笑容還未退去，不偏不倚對上薛赫的目光，我的表情瞬間一僵。

薛赫抿唇，不發一語，率先瞥過頭，車內異常安靜下來。

氣氛變得更加詭異，我拿著廣告單，心想我是不是做錯了什麼？習慣使然，不自覺就讓他照著我的話做。

「楊妤晴。」

他這一喊，我心中警鈴大響，立即繃緊神經，背挺得更直了。「幹、幹麼？」手上的廣告單已經被我緊張得揉成一團。

「妳覺得我們該從哪件事先談起？」

我吞了吞口水，他給我的壓迫感實在太大，兩年不見，他是更為穩重了，但漠然的氣質也越發狂妄。我的手心開始出汗，「是因為我拿了廣告單，所以你生氣嗎？」

他搖頭。

「還是因為……我遲到？」

他還是搖頭。

我轉向窗外，試著深呼吸冷靜一下腦袋，最後我鼓起勇氣轉頭正視著他，「那……都不談可以嗎？」

他唇角揚了揚，我也跟著彎起嘴角。

「不行。」語畢，俊臉又恢復往常的冷漠。

那幹麼還問我啊！

「我怎麼知道要談什麼啊？」雖然很想用吼的，但看到那張近在咫尺的臉龐，還有他不怒而威的氣場，我很識相地還是用著很溫和的聲音回應他。

事實上我根本沒有選擇！

他先是嘆口氣，深潭般的黑眸看向我，剛要開口時，他的手機響了。

「梓瑩。」

聽到她的名字時，我忽然又有種如夢初醒的恍然感。

薛赫看了我一眼，我刻意別過臉，如果此時四目相對的話，肯定尷尬極了吧。「嗯，我到了。」他將車子熟練地駛進飯店停車場。

「我會注意安全，嗯、嗯，我知道。」

聽著他們互相關心對方的談話，我撐起笑容，告訴自己沒事的，人就是要豁達，輕鬆看待所有事啊。

儘管現在和前男友處在同一個空間，聽見前男友和現任女友說說笑笑，都無所謂的……

唉……楊妤晴妳真是個白痴。

「我和楊妤晴一起。」

我愕然地看向他。

「她在我旁邊，妳可以跟她說個話。」薛赫將手機遞給我。

此刻我臉上應該是滿滿的驚恐和被抓姦在床的驚悚表情吧。

「……嗨，學姊。」

學姊的聲音聽起來很雀躍，「好晴嗎？妳好厲害呀，居然被天海聘請為專業翻譯員。」

「沒啦，只是個小小翻譯員而已啦。」

「真是太好了！有妳在，我就不必擔心薛赫又忙到忘記吃飯。前陣子他啊，還因為過勞而住院呢！」

之前見到他時，就有注意到他漂亮的黑眸下，有層淡青色的痕跡，明顯睡眠不足的證據。

等我意識到這好像不歸我管時，我已經點頭附和道：「嗯，是啊！明明什麼都會，卻永遠照顧不好自己。」

電話那頭，不知為何一陣沉默。

我頓時慌了起來，「不是！我的意思是說……」

「我照顧不好，不然妳來？」這句話不是電話中學姊的聲音，而是更為真實的，薛赫的聲音。

我撇過頭，薛赫深不見底的黑眸掃了我一眼，似笑非笑地說著。這句話宛如五雷轟頂，炸得我魂不守舍。

「欸我、你……你幹麼偷聽？」我遮住手機。

睨了我一眼，「我又沒聾。」

「我我我……你你……」我結巴。

「妳怎樣，我又怎麼樣？」揚唇，就跟以前一樣，對於捉弄我這點很上手。

「好了，我先掛了，你們上班加油。」還來不及對學姊說再見，手機已傳來掛斷的嘟嘟聲。

慘了！慘了！學姊一定生氣了！

我立刻轉頭瞪著薛赫，「你幹麼跟學姊說我們在一起？」

「為什麼不能說？」

「當然不行！」事情怎麼愈來愈複雜，明明不想再扯上關係。「依照你們的個性，要是吵起架來，絕對不會有人先低頭認錯，到時候肯定會一發不可收拾，然後我就是造成這件事的元凶。」

薛赫彷彿聽到天大的笑話，眸光深沉，「既然妳這麼清楚，怎麼不先說說我跟妳，要怎麼解決？」

第四章　熟悉的陌生人

出差第一天，將行李放進飯店後，我便被指派為公司李經理的隨身翻譯員，忙完工作回到飯店已經是晚上八點。

我打開手機，發現 Chris 已經在飯店樓下等我，便簡單整理一下儀容打算下樓找他。一出房門看見準備闔上的電梯門。

我邊跑邊喊：「等等！」

電梯裡的人聽到我的叫喊，按下開門鈕，門再度敞開，我勾起耳邊的一縷髮絲，微微喘氣，「呼——謝謝……」

我讓自己的注意力放在逐漸下降的樓層，告訴自己不要在意身旁的男人，儘管電梯裡只有我們兩個！

想起他早上莫名其妙亂說的那些奇怪的話，根本不知道他想表達什麼。

除了分手，難道我們之間還有更好的解決方式嗎？

就算有，我們也已經分開了。現在，他有學姊，我也有自己的人生，這樣的我們，還需要釐清什麼？

恍神之際，電梯門打開了。

「小姐，讓讓！」電梯外的阿婆推著一台清潔車，口氣有些不耐煩。「啊妳擋在那我是要怎麼進去？」

一時之間沒反應過來，直到薛赫拉住我的手臂往他身上靠去，阿婆才收回白眼。

清潔車幾乎占滿整個電梯裡的空間，我只能盡量和薛赫靠在電梯一角，幾乎整個人都要貼上他的胸膛。

「你們兩個人真是登對捏，男的帥女的美。小姐真是好福氣，男朋友一定對妳很好齁，把妳攬緊緊，怕妳受傷耶，哎唷！」清潔阿婆語出驚人，三八三八地瞅了我們一眼。

我的表情一僵，但礙於臉正貼在某人結實的胸膛前，還要忍著鼻血，有苦說不出啊。

「不好意思捏，不是故意要打擾你們捏，你們可以當我不存在啦！哦呵呵——年輕真好！」

阿婆唸了很久，說這年頭工作難找，要好好把握現在的機會，也說了男女兩人相愛簡單相處難，要我們不要因為一點小挫折就鬧分手什麼的。

「兩個倫哦，能相遇然後在一起是多麼不容易！要好好珍惜對方。」

薛赫從頭到尾攬著我的肩，抿著唇，不發一語。淡然的表情看上去有些難捉摸，但想必聽到這些話不會開心到哪去，畢竟我們現在一點關係也沒有。

正當我想說點什麼澄清我們不是阿婆想像的那樣，但，我們現在究竟算是朋友？同學？還是前男女朋友？

想破了頭，耳邊卻傳來他風清雲淡的回應：「是，我們知道了。」

叮！一樓到了。

阿婆笑著說知道就好，像是湊對了一門好事，她歡喜地哼著歌，扭著屁股推著清潔車走出電梯。

留下一臉錯愕的我們……不，只有我！

薛赫不甚在意地收回摟著我肩膀的手，稍稍拉平了襯衫，看都沒看我一眼，等我走出電梯，他順手按了B1的按鈕。

走出飯店門口，就看見 Chris 在馬路對面朝我招手，坐在車內的他，搖著手機，表示正想打給我。

「妳怎麼知道我住這家飯店？」我笑著上車。

「妳朋友告訴我的。」

「不錯嘛！這麼快就跟我的朋友混熟了，用多少錢收買的啊？」我玩笑道。

他帥氣地挑了挑眉，「我賣身。」

我先是愣了幾秒，隨後大笑起來，接著正經地打量起他，「一晚多少？」

Chris 撐著線條好看的下巴，出奇認真地思考這個問題，「嗯……如果是晴的話，可以免費哦。」

聞言，我彷彿被點中笑穴，笑個不停。

「好了，別笑了。」突地一個高大的身軀傾身壓了過來，我僵著身看向 Chris 俊逸無比的臉貼近。「繫好安全帶，我們要出發了。」

我慢半拍地喔了一聲。

我們去了一家有知名海景的餐廳吃飯、喝咖啡。餐後，摸著圓鼓鼓的肚皮，我滿足地打了聲飽嗝。

「不開心？」

我頓了一下，「為什麼這麼問？」

「因為晴心情不好的時候，就會笑得特別開心，也會吃得特別多。」

我看了他一眼，有些驚訝，隨後無奈地笑笑，「還真的什麼都逃不過你的眼睛。」

「不是我厲害，是因為那個人是晴。」

我大叫了一聲，仰躺在椅子上，望著夜空中的繁星點點。「你覺得喜歡一個人能喜歡多久？」

「唔……因人而異。」

「如果，我是說如果，想要馬上不喜歡一個人，到底要怎麼做啊？」

有辦法辦到嗎？會不會很痛苦啊？

「試著喜歡上別人。」薄唇微勾。「譬如現在在妳眼前的這位。」

看向他，這個玩笑一點都不好笑！

❖

光點隨著潔白的窗簾跳動，我皺了皺眉，下意識拉起棉被遮擋擾人的亮光。

換了個舒服的姿勢，繼續睡……

嗯？……好像有哪裡不對勁。

我用力掀開棉被，腰痠背痛，頭暈目眩，身上的衣服不知何時已換成一套乾淨的棉質白T恤。

心中警鈴大響，我穿著不是自己的衣服睡在別人家的床上……

嘶——

我記得我和 Chris 在海邊的一家餐廳吃飯，之後我喊著想去山上看星星，於是我們買了一打啤酒和炸物，便上了山。

我們躺在草地上，邊數著星星邊聊天，啤酒也是一瓶接著一瓶，然後……一片空白。

慘了！不會吧？

我再次看了一眼身上的衣服，是 Chris 的沒錯……

抱頭崩潰。

「醒了？」Chris 開門進來。

「……」

「頭會痛嗎？」

「……有點。」

笑了笑，他上前遞給我一杯水，我接過杯子輕輕往後一退拉開兩人的距離，細微的動作仍被他發現。

「怎麼了？」

「啊……沒事。」我喝了口水，笑了下，心裡則是萬馬奔騰，空腹的胃不斷翻攪。現在這麼開放的時代，一夜情根本沒什麼大不了。

但是……對象是我的朋友啊，就像大哥哥一樣，這種感覺……很難形容。

大概是我心裡的小劇場太寫實，臉上不自覺表現出崩潰狀，Chris 有些緊張地問：「是不是昨天喝太多人不舒服，我看今天還是別去上班了。」

他起身，準備替我打電話。

「不是，我只是……肚子有點餓！」我拉住他的手，「何況我現在是出差，不可以請假。」

「那妳換套衣服，我請人送早餐來，待會送妳回飯店。」他笑了笑放下手機，習慣性地摸了摸我的頭。

「那個……昨晚我們真的……一起睡了？」我試圖說得委婉些。

Chris 毫不猶豫地點頭。「睡了。」

我閉眼，暗自捶心。

不行！不行！我搖頭，我得拋棄古板的傳統思想，表現出新一代女性的瀟灑。

我咳了咳，「既然都已經這樣，昨天的事就都忘了吧。」

嗚嗚。

回去要怎麼跟楊氏父子交代這件事，難保他們不會一人一把關刀殺進Chris家。

「不行，我忘不了。」

「……」

「晴昨晚實在是太可愛了。」

「……」

「妳不記得了嗎？」

「……別告訴我。」

我無力地用棉被將自己裹起來，呆坐床沿……

「梳洗完後，就出來吃早餐。」

點頭說好，我四下找尋衣物。一般不是都會掉在附近嗎，怎麼床邊的地板上乾淨得連一根頭髮也沒看見。

「Chris，你有看見我的衣服嗎？」走出臥室，我朝他喊。

「沒有，妳昨天換到哪了？」

「……忘了。等等！你說我自己換衣服……？」

Chris旋身露出不正經的笑容。「難不成妳以為是我幫妳換的？」

「呃——」我拉了長音，我真的以為……是啊。

「去浴室找找看，妳昨天直接睡在那裡，是我把妳抱回房間的。」

紅著臉，我匆匆奔進浴室，果真看到我的衣服褲子和……內衣，散落在各個角落。

天啊，我昨天到底都幹了些什麼！

梳洗完畢，換上昨天的衣服，腦袋也清醒多了。

我坐在餐桌上咬著玉米起司蛋土司，心想，難怪我醒來會感到全身不適，原來除了宿醉外，我還在浴室睡了一陣子。

「嗯……算。」

「我抱妳上床睡覺後，我也去睡了，這不算一起睡嗎？」

「不過一起睡了是怎麼回事？」

載我回飯店的路上，Chris始終笑得燦爛。

「喝醉後的賴皮哭鬧討抱都像小孩子呀。」Chris重溫道。

「不要再說了，很丟臉——」

「讓人難以抗拒。」身為獨生子難免會有些兄弟姊妹癖，我能體諒。

「不要笑得那麼噁心！」我實在無地自容，下次不敢再亂喝酒了！

「妳第一次這麼主動，我好感動。」他只差沒拿出手帕拭淚。

「不要亂用中文，不知道的人還以為我們——」餘光瞥見，飯店前站著一干人，其中尤莞瑢的素顏，配上盛怒的臉蛋，更是讓人卻步三分。

「楊小姐！」尤莞瑢氣沖沖地朝我走來，本來想破口大罵，但看到駕駛座的 Chris 朝她露出一抹禮貌的笑容，她立即轉為小碎步，尖銳的聲音也變得甜膩。

「楊小姐，妳知不知道我們找了妳一晚？」

「我怎麼了？」我一臉茫然。

「妳還問？」尤莞瑢怒氣幾乎要發作，但看見 Chris 的笑顏，默默地又忍了下來，但還是能感覺到她氣得咬牙切齒，「因為妳一直沒回來，總監以為妳發生什麼意外，要我們大家幫忙聯繫妳。」

「結果妳手機也不接，工作室也都下班了，本來要打回妳家，是總監要我們別這麼做。總歸一句，妳昨晚到底跑哪去了？」尤莞瑢似乎是嗅到了酒味，「妳該不會喝酒了？」

見我默認，尤莞瑢簡直氣炸了。不得不說她這披頭散髮的模樣，真的成功震懾到我了。「妳還真以為我們在度假？萬一這個合作案談不攏，我們財經部的資金可是會被縮減，全體人員還可能扣薪，這關係到多少人，妳怎麼能這麼隨便？」

「對不起。」

Chris 立即袒護道，「是我不好，硬拉著她喝酒，請不要怪她好嗎？貴公司有什麼損失，都算我的。」

「你不要這樣啦。」我示意他不要說話，「尤小姐，所有的責任都歸咎於我，跟他沒有關係。」

「這似乎不是錢的問題，而是一個員工的安全，」清冷的嗓音，一秒就讓吵雜的現場瞬間靜默。「我能不能擔保。」

來了！大魔王出現了！

我扶額，不管怎樣先道歉就對了，正準備低頭時，Chris 從容地下車，臉上一貫溫和的笑容。「是我擅自接走她的，如果薛總監要追究責任，就連我一起吧。」

Chris 怎麼會知道薛赫的名字？

薛赫揚唇，「這當然，如果今天的合作案有任何一點閃失，兩位勢必要負起全責。」

「薛總監果然細心又深思熟慮。」我聽出 Chris 暗指薛赫龜毛的嘲諷，我趕緊拉住他的手，用眼神阻止他繼續再說下去。

Chris 朝我笑了笑，反手握住我的手，我愣住了。

「需不需要先留電話？」

薛赫從頭到尾，神情自然禮貌，冷漠中透著一絲高傲，「我相信你不會只是嘴上說說。」他的笑意更深了，「電話我想就不必留了，占記憶體。」

我夾在兩人之間不知如何是好，空氣中瀰漫著一股濃濃的火藥味，彷彿一個火花，就會引起世紀大爆炸。

聽著他們一來一往的對話，我緊張得胃開始絞痛起來，眼看他們說話的距離愈來愈近，似乎再往前一步，雙方就會大打出手。

於是，我將 Chris 拉到一旁，「你先回去，接下來我會自己看著辦。」

Chris 不為所動，「薛赫看上去很不賴，但還是差我一點。」

我倏然瞪大眼，「你果然知道薛赫。」

「他是妳上司。」

「我是說你怎麼知道他是……」我欲言又止。

「朋友？同學？還是……前男友？」他接了我的話。

我盯了他一會兒，思緒混亂。

「昨天妳都告訴我了。」

看我石化在原地，Chris 失笑出聲，「不只這個，妳還說了很多關於他的事。」

「我說了什麼？」

「該說的、不該說的，妳都說了。」

我緩緩地看向他好看的側臉，在他面前我從來不曾提過薛赫的事。

「怎麼了？」他的眼神落在前方，嘴角掀起卻感受不到笑意。「有點愧疚了吧。」

「我不是不想告訴你，是找不到時機說。」我辯駁道，「而且難道我要直接說，欸！他是我前男友這樣嗎？」

「哦——他聽到了。」

聞言，我迅速轉頭，發現身後空無一人，「呀！不要鬧了！」我打他幾拳。「再說你也從來沒跟我提過你的情史，我如果突然跟你說這個，不是很怪嗎？」

Chris 皺眉思考了下，「我是很想告訴妳，但大多數的名字我都不太記得。」

呿了他一聲，「我才不想知道。」

他笑了笑，語氣隱約透著威嚇，「下次不老實點，就直接把妳灌醉。」

我錯愕地縮了縮身子。「所以我昨天到底都幹了什麼？聽你這麼說，我好像做了很多亂七八糟的事……」

「不告訴妳。」

我斜了他一眼，「算了，反正我現在也沒什麼不能說。我要過去了，待會大概又要被罵到臭頭。」我嘆氣，最近諸事不順啊。

Chris 突然拉住我的手臂，我回頭看向他。「嗯？」

「楊妤晴。」

現在這年頭大家都是怎麼了，動不動就直呼人家的全名，認真的語氣好像我欠錢不還……

「啥？」但比起薛赫靠近時的心跳加快，面對 Chris 我卻能保持自然。

他深深地看了我一眼，隨後揚起笑容，大掌一如既往地揉著我的髮絲。

「沒事。」

「有事就說啊。」

「沒什麼。」

「啊！你，是不是……」我湊近，邪邪一笑，清楚看見他眼底閃過一抹失措，藍眸彷彿流動的海水，清澈純淨。

「我怎麼？」他問，嘴角浮起輕佻的笑容。

我憋著笑，「想家了。」

「……」

「是吧是吧？」

「快去啦。」

我墊腳拍了拍他的肩，「嗯，我走了。」我朝他做出打氣的動作，邊走邊回頭向他揮手。「祝我好運。」

他笑了笑，「加油。」

回到飯店，免不了被尤莞瑢酸了一頓，「總監叫妳十分鐘後去他房間找他，最好別再給我遲到。」說完，用力踏著高跟鞋喀喀喀的離開，一路上還不斷碎碎唸。

我快速洗了頭，換上一套新的衣服，往薛赫房間走去的途中，我不斷深呼吸、吐氣，來來回回幾次調整好心情後，到了他的房門前。

我站在門外，想著待會見到他該說什麼。問他為什麼要使出特權聘請我？但以他的職權，這種小事絕對不會是他親自處理。

「真是比女人還難搞。」

我把這扇門想成是他，正想踹一腳發洩發洩，沒想到腳還懸在半空中，一道沉沉嗓音就傳了過來：「站在那幹麼？」

認出是薛赫的聲音，我立刻收回腳，立正站好，眼神飄往別處，「我、我來了。」

他看了一眼手錶，淡淡回道：「遲到了。」

「什麼？」

「七點五十分後的十分鐘，現在已經是八點零一分了。」

就差那麼一分鐘！一分鐘欸！這樣也要計較！

發現他房門沒鎖，我直接走了進去。「剛剛不算！是你叫住我，浪費我的一分鐘。」

「妳說我浪費妳的時間？」他重複道。

「對啊，本來就是。」我答得理直氣壯。

薛赫冷笑幾聲，很快地斂起笑容，踏著優雅的步伐向我逼近，直接把我逼進他的房間裡，接著俐落地闔上門。

「你、你幹麼啦？站在那裡說話就好了，不、不用過來！」強忍住大叫的衝動，我試圖讓自己的聲音聽起來冷靜。

怎麼辦，薛赫該不會要殺我滅口吧？

下一秒，幽潭般的黑眸和我對上，眼底彷彿有著若有似無的嘆息，為什麼會露出前所未見的寂寞感？

「我還記得妳大學時跟我說，當你心裡想著那個人時，那個人同時也會想到你。」

沒料想到他會說這些，我愣了幾秒，隨後緩緩點頭。「嗯。」

「妳說謊。」面對他莫名的指控，我感到錯愕。

「才沒有說謊！你一定不夠真心誠意！」

「如果無時無刻都會想起那個人，這還叫不夠真心誠意的話，」他斂下眼，莫名地失笑，「或許我該認為，她從沒想過我。」

他抬眼，明亮的瞳孔映照出我的臉。我從他眼中清楚看見自己。

稍晚，我被派去陪同李經理開會。

整場會議，我拚命讓自己的注意力集中在開會內容上，但總是在回神過來後，發現我一個字也沒聽進去。

所幸那場會議，李經理沒有問我問題，會議結束後，李經理讓我先回飯店休息。

我盤腿坐在飯店的陽台，吹著海風，回想起薛赫早上的話，不斷重複、倒帶、重複再倒帶。

大學因為種種原因，莫名被拐進會長室後，我的悲慘人生就此展開。

外校都知道我們就讀的這所大學，歷年來的學生會陣容都十分強大，而薛赫這屆更堪稱創校以來最維護學生權益的一群人，有時態度強硬到連校長主任都要退讓三分。

而他的強力左右手——四大彩子，是校內女性後援會取的稱號，分別由代號藍紅黃黑四位優秀男子組成，個性就如同他們的暱稱。

情人節遲到那次，我被薛赫處罰去掃一整年都沒人碰過的學生會倉庫。當下除了各幹部同情的眼神，我真想開啟廣播器，讓全校聽聽薛赫這王八蛋多麼沒心沒肺。

但通常辯駁一句，他回你十句是正常的，而清掃會長室一個禮拜是附贈的。

沒有後續當然是因為——再也不敢了！

所以我也只能坦然接受這個事實。

倉庫的髒亂程度和一百年的老房子有得比，鋪天蓋地的灰塵，還有蠢蠢欲動的小蟲子，光想到就覺得……頭皮發麻。

當天我從中午掃到晚上六點，拖著沉重的步伐，鎖上倉庫，前後伸了伸懶腰，舒展筋骨。天色很晚了，還是趕快回家吧。

當我還在想晚餐要吃什麼時，沒注意到後方佇立了一個人影，「哇啊——」

我縮著身體，微睜一隻眼，「你你你你……是人嗎？」

「放心！鬼也怕倒楣，不會找上妳。」

這麼毒、這麼狠、這麼沒良心的話，也只有那個人說得出來了。

「你怎麼還在這？」

「忘了東西。」

同時，薛赫朝我伸出手。

我下意識摸了摸口袋，眼看薛赫的耐性已消磨殆盡（他根本沒有耐性），我眨著眼，「我沒帶錢欸。」

薛赫徹底被打敗。「鑰匙。」他咬牙。

「哦，對，在我這裡。」我笑嘻嘻地從手提包裡拿出鑰匙，薛赫則瞪了我一眼。

遞給他鑰匙後，心想沒我的事，正打算默默退場，突地，領口被人一把提起。「去哪？」

「回家啊。」

「我沒說妳可以走。」

我咦了好大一聲，轉了一圈，掙脫他的手。「我都打掃完了，你還不放過我啊？」

薛赫好笑地看著我的舉動，他常常對我怎麼會有這麼多浮誇的反應感到好奇。幾乎是出於無意識的動作，他抬起手，當著嘴巴張得老大的我面前，輕輕撥開黏在我臉頰上的頭髮。

修長的手指停留在我柔軟略帶褐色的長髮上，我嚇得一動也不敢動。「薛赫？」

聽見我的聲音，他的手指微僵，登時回過神，撩起我的髮絲，下一秒帶點嫌惡。「好髒，有洋芋片。」

我愣了愣，薛赫不著痕跡地抽離手。「啊……一定是早上太匆忙。」

薛赫不理會我，逕自走進倉庫，稍微翻了翻紙箱，開合了幾個抽屜，最後什麼也沒拿就走了出來。

鎖好門後，他將鑰匙丟給我。

「下次再遲到，妳就死定了。」

接過鑰匙，我撇嘴。「又不是故意的，情人節誰會想到還要來學校開會啊。」

薛赫看了我一眼，在我以為自己又要被數落時，他卻丟了一句不相干的話。

「情人節妳要和誰出去？」

「呃？嗯？」沒預料到他會這麼問，我反應不及，也正好捕捉到薛赫眼中的鄙夷。

「幹麼啊，沒情人這天都不能出門就是了？」

「妳要解讀成那樣，也行。」

我差點要揍他一拳，幸好，從大一忍到大三，也忍出心得來了。多虧薛赫這位仁兄，我的 EQ 值上升不少。

「那你呢？」商學院活招牌，女人搶著要。「怎麼沒出去？」召集什麼狗屁會議，來折磨他們這群善良老百姓。

「只有我可以問妳問題。」

喂喂！這什麼態度！囂張什麼勁啊？當然這些話，我只敢放在心裡罵著爽而已。

「學姊被人約走了？」我狡黠地睨了他一眼。

薛赫喜歡梓瑩學姊，不是祕密，也不是什麼大新聞，全校都知道。

他冷冷地瞥了我一眼，不說話。

啊，這就是默認了嘛，畢竟學姊也是法律系系花，薛赫會吃癟也不是沒道理。

「別笑得那麼噁心。」薛赫惡質地推了我一下。

我踉蹌幾步，薛赫看著我鼓著臉，忽然笑了。

他笑得亂燦爛的，我又更惱了。「你才不要笑得那麼……」天啊！這笑容也太刺眼了吧。

「什麼？」

「沒、沒事啦！」

「我討厭說話說一半的人。」

「沒關係，我也不喜歡你。」

我立刻捂住嘴，慘了……說得太順口了。

見他嘴角的笑容加深不少，眼眸閃爍，突然感覺一股來自北極海竄起的冰風，讓我冷到骨頭裡去。

「啊哈哈哈，我開玩笑的、開玩笑的！」嗚嗚，我好想回家啊。

「再說一次。」

「不、不要。」

「可是我想聽。」

我頓了一下，他不同於往常的漠然，多了一些溫柔，我的心跳忽然漏了幾拍。

「呃我剛才是說……欸！你知道嗎？你一定不知道！」不給他回答的時間，我逕自接話。

「聽說當你在想一個人的時候，那個人同時也會想到你。」我慫恿他嘗試。

搞不好薛赫就是因為約不到學姊，所以一早臉色才會那麼臭。「你試試看，想像一下學姊。」

薛赫露出可笑的表情，但礙於我一直用期待的眼神看著他，他只好半推半就地閉上眼。

「怎麼樣？」

當他緩緩張開眼，漂亮的雙眸探進我的眼底，我好奇地盯著他直看，薛赫瞬間有些困窘。

「有沒有感覺充滿正能量？」

「沒有。」

「真的嗎？好奇怪哦，你是不是不夠誠心誠意啊？」

「妳很煩。」

「你再試一次啦！」

「不要。」

「你是不是害羞了？」我像是發現天大的祕密，指著他的臉不要命地哈哈笑。

直到薛赫瞪了我一眼，我才馬上識相地閉嘴。

回想那些過往，我不自覺地低頭笑了。我張開手臂，往後一倒，戴上耳機，盯著天上的白雲。

「如果我們不曾在一起，現在的我們，會不會還是好好的？」可以說想說的話，不用刻意閃躲對方，甚至不用在乎他在想什麼。

會不會我記得的就都會是我們快樂的回憶，而不是現在這樣。

想著想著，我莫名地哭了。

耳機忽然傳來電話鈴聲，我清了清喉嚨，按下接聽鍵。

「哈囉，咱們工作室的超級王牌，出差如何？好玩嗎？」

「吼李穢央！走開啦！喂？聽得見我的聲音嗎？欸欸，怎麼樣，有沒有認識富二代，還是在路上和總裁相撞？」

「白痴！妳這隻鵝都要為人妻了，還在看總裁系列文，以為自己還青春美少女哦？讓開啦！我要跟小晴說話。」

「總比妳這老處女，都二十好幾了，還不交男朋友。」安恬兒又道：「啊！我忘了，是沒人要。」

聽見她們在電話那頭爭吵鬥嘴的聲音，低落的情緒似乎也沒那麼糟了。忽然覺得，想再多也沒用啊，事情都發生了，時光不會倒轉。

「好了啦，妳們不是趁著陶淵不在偷打電話嗎？有什麼想問的趕快說，免得到時又被陶淵唸個三天三夜。」

「對啊！天海的員工怎麼樣？帥哥多嗎？」

「喂！妳們好歹也先問我過得怎樣吧？」我沒好氣道。

「我可是幫妳鑑定耶，我怕妳跟李穢央那個女人一樣孤老終生。」

「安恬兒妳閉嘴！」

我沉吟了一下，說道：「總裁人物是沒有，但他們的財務總監長的滿不錯的，有腦袋也有長相。」

安恬兒爆出驚呼，「叫什麼名字？我現在立刻上網搜他的身世背景，如果還不錯，楊妤晴妳就大膽地去色誘對方吧！」

「快快！我準備好了！」蕙央跟著起鬨。

「薛赫。」

「李穢央快搜尋，薛……薛赫？」

我提前一步，拔掉耳機，果不其然，她們下一秒就發出殺豬般的尖叫聲。

確認她們震驚夠了，我又戴上耳機。

「楊妤晴，這不好笑哦，拿自己的前男友來開玩笑很不道德哦！」安恬兒罵道。

「妳們可以去查天海的財務總監是誰。」

接著，我聽見鍵盤達達的聲音，約莫一分鐘，電話那頭又傳來鬼叫聲，這次我來不及拔耳機，耳膜差點被震破。

「妳們可以報名驚聲尖叫了。」

「這麼說，妳這三天兩夜都跟薛赫在一起？」

「偶爾會碰到。」

「碰到了會說話嗎？」

「他問我，我就答。大概就是這樣。」

安恬兒在另一頭帶著隔岸觀火的心態，「天啊！太戲劇化了，我應該跟去的！可惡！」

「喂喂！倒是幫我想想辦法啊。」

「我覺得不錯啊，薛赫讓我們有錢賺。」蕙央忽然蹦出這句話。

「這不是重點好嗎！」

「妳就保持平常心，妳愈在意才顯得妳愈奇怪，既然沒有愛了，管他想幹麼，反正只要薪水準時匯進戶頭裡就好了。」安恬兒現實地說道。

「對啊！對啊！成為工作夥伴總比相看兩厭好多了。」

之前她們知道我和薛赫分手的時候，成天說我沒良心，就這樣甩了人、出了國。

聽到她們現在這樣說，我們果然物以類聚啊。

「不過我得先跟妳們坦承一件事。」

我還未開口，她們便齊齊倒抽了一口氣，「你們該不會一見面就天雷勾動地火，雙雙滾上床了吧？」

面對她們齷齪的想法，我徹底無語。

「並沒有！」我翻了個白眼，「我是要提前跟妳們說，或許這次我們工作室拿不到錢，搞不好還倒賠呢。」我哈哈兩聲。

「……」

「叫陶淵準備好跑路的錢啊。」

說完，我立刻掛了電話，之後不管手機怎麼響，我就是不接。

我起身，伸了懶腰。說出這幾天悶在心裡的話，感覺好多了啊。

第五章　你不說，我不問，這叫距離

三天的出差很快就結束了，合作案也談得很成功。

最後一天，李經理頻頻誇我做事有效率，翻譯也很完整。「幫我把這份合約交給薛總監，妳就可以回家休息了。這幾天辛苦妳了，希望未來還有機會合作。」

「謝謝經理，您也辛苦了！好好休息。」

我拿著合約前往薛赫的房間，聽了蕙央她們的建議，我盡量學著讓自己放寬心，保持平常的模樣就對了！

對！他就是我的上司，把他當成陶淵就行了，別跟自己過不去。

因此偶爾在飯店遇到他，儘管很不習慣，基於禮貌，我還是硬著頭皮和他打招呼。

我也不管他是用什麼表情看待我的轉變，反正我就匆匆走過，不多做停留。

我敲了敲他的門。

「請進。」

他頭也沒抬，修長的手指握著筆穿梭在公文之間，緊皺的眉宇，拒人於千里之外，讓我憶起了分手那一天，沉澱的往事排山倒海而來。

我搖了搖頭，同時他的聲音毫無情感地傳來，和那天一樣。「什麼事？」

冰冷得彷彿我們的距離有著幾億光年，兩年在這距離中不過如同落地塵埃，微不足道。

我沒有說話，只是站在原地。更正確地說，是我說不出話。

薛赫見許久無人回應，停下寫字的動作，擰了擰眉隨後抬頭。

「怎麼是妳？」他的眉頭皺得更深了。

我扭了下自己的大腿，不讓他發現我異樣的情緒，我彎起疏離的笑容，「我不能找你？」

「可以。」他絲毫沒有猶豫，放下手中的筆，雙手環胸靠在椅背上。「說吧。」

見他這麼慎重，全神貫注地盯著我，一股龐大的壓力滾滾而來。「你其實可以邊處理公事，邊聽我說，我不在意的。」

揚起俊朗的眉宇，「我現在就只想聽妳說。」

直白的陳述，儘管語調沒什麼起伏，但我的臉頰卻逐漸升溫，於是我只好再犧牲一下我的大腿肉，這次擰得更用力了。

嗚嗚，真的好痛！

我穩住氣息，切入正題，「李經理請我送份合約過來，如果你看了沒問題，就可以交回給公司。」

聞言，薛赫擰了眉。「這就是妳要說的？」

「嗯，不然呢？」我一臉莫名。

他沒有反駁，緊抿著唇，不發一語。

我在大腦中回想方才李經理交代的事，深怕遺漏了什麼。

到底還有什麼事？

左思右想，還是先開溜方為上策，因為依照我對他的了解，我要是再不離開，等一下恐怕有麻煩事了。

「如果沒什麼事，我就先回去了。」

「站住。」

我一臉悲憤地轉過身，「……總監還有什麼事情要吩咐？」

聽到總監這個稱呼，他的神情不自覺冷冽了幾分。

「我還在這，妳要去哪？」

「就不勞煩總監送我回家了，我可以自己搭車回去。」

我快速轉開門把，不打算多做停留。

「楊妤晴，妳的逃避模式還真是一點都沒有長進。」

「什麼？」

他微瞇著眼，撐著稜角分明的臉蛋，鄙視地笑道：「從以前就是這樣，遇到不想談的話題，就會開始裝傻或是逃避。」

「……」

「我說錯了嗎？」歪頭，他的嘴角呈現的是他最常出現的，十五度角笑容。

薛赫和我無論在能力、外貌上都有著天壤之別，他就像一個不可思議的存在，而我需要很努力、很努力才能稍稍趕上他的腳步。

曾經我認為身邊有個與眾不同的他很幸運，但漸漸的，我發現疲累感取代了幸福帶來的愉悅。

努力成了勉強自己，包容淪為忍耐。

「我除了逃，還有更好的辦法嗎？」對於他的話，我勇敢承認。「太累了，跟你在一起真的太累了，薛赫。」

他墨黑般的瞳孔，宛如起了大霧，視線逐漸凝結在我的臉上。

「我們退回最原先的位置吧。」看著他，我緩緩說道：「當普通朋友，比起現在這種僵持不下的關係好多了。」

室內一片靜默，他一動也不動地坐在位置上，我猜不了他的心思，也不知道自己的這個提議，對我們來說是否真的會「好多了」？

不過再怎麼糟，都不會比現在慘啦！想到這裡，我也大致安了心，頂著一個豁出去的熊心豹子膽，我直盯著他。

「妳還真敢跟我提這樣的要求。」

「不行嗎？」我下意識地回應。

只見薛赫放在桌上的手，拳頭緊握。我發誓我真的不是故意要激怒他，是出於無意識的回應啊。

雖然蕙央他們一致認為，我有三秒就能讓人理智斷裂的特殊技能，但他也沒必要這樣瞪我吧。

我心一驚，立馬改口。「呃，好吧，如果你不願意，我也不勉強。」對上他寒氣逼人的視線，我又再次強調，「真的。」

但他的臉怎麼看起來愈來愈不高興啊？

❖

為天海翻譯的薪水很快就匯進戶頭，本來還以為會被扣錢，但看到金額，居然遠遠多過我預想的一倍。

於是，工作室的大家提議要去超市買菜，想嚐嚐 Chris 的好手藝，因為 Chris 中午偶爾會幫我送飯，大家都對他的手藝讚不絕口。

所以我們今天一群人聚在 Chris 的新家，順便回味大學四年的荒唐事蹟。

「小晴之前不是在一家簡餐店打工？阿姨的義大利麵超好吃。」安恬兒鄙視了我一眼，「怎麼我看妳一點技巧都沒學起來。」

「欸欸！枉費我那時候天天帶好料回宿舍。」

「不是還有一個小鮮肉高中弟弟嗎？」蕙央咬了一口肉丸子，口齒不清地說起。

「維安嗎？」

「嗯，對啊！我每次去找妳，都看到妳跟他有說有笑，我那時候心想，妳真下流，連嫩草都不放過。」

語畢，她們笑成一團。我沒好氣地拐了蕙央一下。

「他是常客啊，遇到就會聊個天。」我努嘴，「況且他是……」

我上大學時第一份打工的工作，是學校後門一家溫馨的簡餐店，價格親民，是學生們最常光顧的店。

老闆娘對工讀生很好，常常讓我們下班帶一些沒有賣完的餐點回家。

「請問要吃些什麼？」這些話幾乎是從我的齒縫間硬擠出來的。

男人好整以暇地摩挲著好看的下巴，揚起人畜無害的笑容。「不知道耶。」

「不知道就別、吃！」

礙於顧客太多，我只能用眼神繼續攻擊薛赫，示意他快滾。

好好的假日我想清靜一下啊……

帶著一票人來這裡用餐，分明是想累死我，混蛋！

約莫五分鐘後，我終於幫學生會十幾個人點完餐，也在心裡問候薛赫無數次。

「飲料、濃湯會先為你們送上來。」

闔上本子，我走向收銀機打單。

「姊姊，老樣子。」穿著制服黑褲，長相眉清目秀的維安揹著書包，向我打招呼。

我轉身，看見是常客笑開了嘴。「好，你今天還要去學校啊？」

「嗯，要學測了。」維安選了個離我最近的位置坐下。

「現在高中生好辛苦哦。」我藉機偷懶，坐在維安對面。

維安有張白白淨淨的臉，完全就是女高中生會喜歡的類型，我稍微感嘆了下怎麼自己的高中生涯都不曾遇過這種天菜。

「姊姊今天不去約會嗎？」

「今天？」

「白色情人節啊。」

「是今天喔？」我一驚，過了幾秒，關我屁事啊？我又沒男朋友……

維安笑了笑，露出可愛的小虎牙，我又被電了一次。這小子未來前途無量啊。

「說我，那你怎麼沒跟小女朋友出去啊？」

「我沒有女朋友。」

「這麼帥沒女朋友？你這小子還真挑。」我調侃他。

「是我有……喜歡的人了。」

「哇！真假！」我精神都來了，「讓姊姊來替你解決愛情煩惱。」說到高中生情竇初開的愛情，我最來勁。

「可是對方好像沒察覺到。」

「有想要告白嗎？」

「……沒想那麼遠。」

「衝了啊！等什麼！白色情人節男生要主動一點啊。」我比當事人還充滿幹勁。

「被、拒絕怎麼辦？」

「不然這樣好了，拿我當示範，把我想像是那個人。」我很積極地想當媒人，握著維安的手，我眨著眼看著他。

「我……」他搔了搔頭，閃爍的黑眸眨也不眨地望著我。

「嗯嗯！」

「……喜……」

「嗯嗯嗯！」我在心底為他打氣。

「ㄏㄨ……」

「老闆我要投訴你們員工太吵。」

噔愣！

我扭頭便對上薛赫惡質的笑容，其他學生會幹部看向自己的眼神也很怪異，還不時瞄向我和維安握著的雙手，一致嗯嗯嗯地點頭。

現在是全體學生會集體壓榨我這時薪只有一百二十元的小工讀生嗎？

我氣呼呼地起身，發現薛赫只是亂喊，店長去隔壁串門子根本還沒回來。

「你別來亂，吃一吃趕快走。」

「明目張膽地趕客人，對嗎？」

我努努嘴，決定不搭理他，繼續關心帥弟弟比較重要。

「維安繼續練習，別理他……」

維安偷偷覷了一眼斜後方的薛赫。

我發現薛赫也同樣用著探究的銳利眼神盯著維安，如墨的黑瞳微微透著冷意，一手撐頰，狀似不在意卻帶著居高臨下的鄙視感，性感的薄唇微勾，那一瞬間，維安不知為何小臉反常地漲紅起來。

看見維安的表情一瞬間凝滯，我順著望過去，薛赫那傢伙又在搞什麼？眼神交流？

依照我的經驗，薛赫不說話時才是讓人膽怯的時候，誰叫他心裡黑得跟章魚墨汁有得比。

看來只好出手救援了。我不入地獄，誰入啊。

於是，換了個可以擋住兩人眼神接觸的位子。「好了，你說吧。」

維安吞了吞口水，他緊張得把我的手抓得更了。我心裡自然很爽，被小帥哥緊抓不放欸。

「我、我……喜歡……」

維安白嫩的臉頰浮現淡淡的粉紅，模樣煞是可愛，不知道是哪個女孩這麼幸運呀。

深吸一口氣，維安決定豁出去，大喊，「薛赫，我喜歡你！」

咦。

咦？

咦！！！！！！

「小晴，小晴，楊妤晴！」

「什、什麼？」好大聲，我揉著耳朵，怨懟地瞅了一眼蕙央。

「今天一頓飯下來，妳總共發呆了十七次。」她狐疑地打量我，「有什麼事沒說？」

愣了下，「我哪有啊！」我用手肘頂了她一下，一臉三八。「沒想到妳這麼注意我，哎唷！好害羞。」

她翻了翻白眼不理我，摸著圓鼓鼓的肚子，滿足道：「Chris 的手藝真好，我應該會飽到明天中午。」

「誇張。」我笑她。

酒足飯飽，大家又嘻嘻哈哈閒聊一會兒後，便結束了今日的聚會。安恬兒的老公來接走她，Chris 負責送酒量極差的陶淵回家。

我和蕙央並肩走在小巷，晚風吹來了涼意，我將手塞進口袋……「咦？我的手機呢？」我摸遍全身的口袋，翻找了手提包。

都沒有。

「啊……不會是掉在 Chris 家了吧。」我敲了下腦袋，粗心的毛病依然改不了。

蕙央司空見慣地搖頭，替我撥了電話給 Chris，他說送完陶淵就回來，請我先到他家門口等。

「我陪妳等。」

「不用了，明天還要上班，早點回家洗洗睡吧。」

我趕她。

於是，我和蕙央在十字路口分開，我雙手插在口袋慢悠悠地走回大樓。

思緒被冷風吹得更凌亂了。

都怪薛赫那傢伙，從我回國就不斷找我麻煩，現在無論做什麼事只要一停下來，腦海就會自動閃現他的身影。

過了斑馬線，準備彎進巷子時，忽然聽到後方雜亂匆促的腳步聲，愈來愈靠近……

「啊！」是女人的尖叫聲。

「妳以為躲在這裡我就找不到嗎！」男人的聲音帶點沙啞，發出駭人的狂笑聲。

「不！天載，天載……求求你！別這樣……嗚嗚。」

男人哼笑一聲，暗巷中兩抹身影拉扯在一塊，伴隨著女人的哭喊求饒聲。

「把身上的錢全部交出來！」

「……我、我沒錢了。」

「沒錢？不是大名鼎鼎的邱律師嗎？每天有多少案子等著妳處理！」男人揪著女人的頭髮，猙獰的面孔猛然靠近女子。

「怎麼會沒錢，別笑死人了！老子最近輸了一筆，正缺錢！」他的音量逐漸加大。

「我們已經沒有任何關係……拜託你，放過我吧……」

男人像是聽到天大的笑話，仰天狂笑。「我還正想今天怎沒看見平常形影不離的那個小白臉……」

看著眼前兩人拉拉扯扯，情況愈來愈危急。

不行，我得想個辦法。

「警察！警察！有變態狂出沒！」我將手圍在嘴邊，站在馬路旁大喊。

陌生男子聞言，果然停下來四處觀望。

「警察！他要跑了！在那邊！那邊！」我隨手在地上抓了一把石頭，繼續喊著，試圖引起更多人注意。

男人咒罵一聲。「我還會再來！」

「死變態！別再讓我遇見！下次不會讓你好過！」我朝那人的背影狠狠叫囂道，順便朝他逃跑的方向丟出剛抓起的碎石。

驅邪！驅邪！

確認男子沒有回頭，我趕緊上前攙扶癱軟在地的女子。「妳沒事吧？要不要去一趟醫院？」

感受到她的身體仍因恐懼而全身顫抖，我安慰道：「放心吧，他已經走了。」

「謝謝妳，我……」

月色映著眼前女子略顯蒼白的小臉。

「學姊……」

她先是一愣，隨後緊張地抽開我的手，別過頭。「讓妳看到我這麼狼狽的一面，真丟臉呀。」

話。

梓瑩稍微整理了身上的襯衫，順了順頭髮，漾起有些疲憊的笑容。

我扶起她搖搖晃晃的身軀。「那個人是……」不等我說完，她像是極力要撇清什麼似的，快速打斷我的話。

「偶爾會遇到一些委託人的仇家，遷怒我們這些律師。」

沒想太多，我點了點頭。「我送妳回家吧。」

「謝謝，我自己回去就行了。」

「妳的腳受傷了，我不放心妳一個人回去。」

因為我的堅持，梓瑩只能點頭妥協，她領著我走向 Chris 所住的大樓。

出了電梯，我環顧一眼這熟悉的地方。曾經走過上百次的樓梯，只要出門太過匆忙時，總會撞到轉角的鞋櫃。

早晨時，能見到第一道陽光洋洋灑灑地落在玄關前，冬暖夏涼，隔音設備佳，讓我大學一住就住了三年。

「妳住這？」

學姊點頭，面有難色道：「我和薛赫。」

「嗯嗯。」

「薛赫他應該還沒回來，妳就送我到這吧，不好意思，他不在，我不能擅自作主讓妳進來。」

擺擺手，我一點兒也不在意。

薛赫有些微的潔癖，也不喜歡別人隨便碰他的東西，指紋或毛髮會讓他抓狂。

不過都晚上十一、二點了，他居然還沒回家。

話才說完沒多久，眼前的大門忽然打開。

薛赫一身休閒裝，脖子上掛了條毛巾，斜倚著門，柔軟的黑髮還滴著水，水珠滑過性感的鎖骨。

這畫面太讓人……血脈賁張。

「你回來了？」梓瑩微愣。

「嗯。」他淡淡地瞥了我一眼。

當他收回視線時，黑眸停在梓瑩臉上細微的小傷口。「妳的臉，還有手上的傷是怎麼回事？」薛赫擰著眉，細細檢查著梓瑩的傷勢。

「小傷而已，不用緊張。」她僵著笑，「……我、我們進去再說。」梓瑩姣好的臉蛋泛過一絲焦慮，像是害怕被發現什麼。

薛赫又看了我一眼，隨即側身讓梓瑩先進門。

眼角餘光瞄見他家果然很有他的風格，藍灰冷色調，物品擺放整齊劃一。

見梓瑩的身影消失在我們倆的視線內，我忍不住數落薛赫一頓。

「你不該讓她那麼晚還一個人回家，她剛在樓下遇到變態，要不是碰到我，梓瑩不知道會怎麼樣。」

身為人家的男朋友，體貼接送是基本款。

「意思是，妳剛一個人跟陌生人對峙。」我怎麼覺得這句話應該是問句，但他卻說得很肯定。

「也可以這麼說……不是！你搞錯重點了！重點是你讓梓瑩她一個人……」

「重點是，妳也是女人。」打斷我的爭辯，他的聲音冷了幾分。

「學姊當下已經那麼危險了，我哪有時間顧慮其他的事。」

在我的印象中，學姊就像是易碎的玻璃藝術品，輕輕一碰就會碎裂，卻精緻美好得令人趨之若鶩。

薛赫抿著唇，沉默不語，空氣彷彿凍結靜止。搞什麼啊！幹麼突然不說話，不知道這樣會逼死人嗎？

我怯怯地補充道：「我可以保護好自己。」以前他總說，不怕別人對我怎麼樣，反倒怕別人被我怎麼樣。

哇，怎麼現在又一副擔心我的樣子？

忽然，他話也沒說，一個跨步來到我面前。

屬於他身上淡淡的沐浴乳香氣環繞在我的鼻尖，髮梢上沁涼的水珠落在我的肩頸，一點一滴滲進我的衣服。

「你……」

我使勁要推開他貼上來的寬厚胸膛，薛赫卻絲毫不為所動，輕鬆將我納入他的兩臂之間。

「怎麼保護？」他歪頭，距離又更近了。「示範給我看。」

……別說示範了，我現在連呼吸都有困難！

保持冷靜，我心一橫，「示範是嗎？我就做給你看！」語落，我抬起一隻腳，瞄準他兩腿之間的部位，毫不猶豫狠狠地——踹過去！

薛赫，是你叫我示範的，別後悔！

抱著豁出去的心情，腳踢出去的同時他卻靈敏一閃，貼在牆壁的手順勢勾住我的後腦杓，下一秒，我整個人撞入他的懷中。

「該害怕的時候，還是要害怕。」他靠在我耳邊，溫熱的氣息拂過我的耳際。

我微微一怔。

「放、開！」我抗拒地掙扎道。

他順從地鬆開雙手，往後退了一步。沒料到他會這麼聽話，我的身體在沒有任何支撐下失去平衡，微微向前傾。

電光石火的瞬間。

——我的唇微微撫過他柔軟的雙唇。

我們同時頓了一下。

我緩緩地抬頭，看到眼前的男人居然泰若自然地用著修長的手指來回撫著唇，嘴角緩緩勾起邪氣的笑容。

「妳非禮我。」

What?

我瞪大眼，卻想不出任何話來反駁眼前說出這等無恥話的男人。

都二十幾歲的人了，誰還會上演「這是我的初吻」之類的青春戲碼，何況奪走我初吻的人也是他。

發現我無視他，這傢伙更加厚顏無恥了，雙手環胸，「說，怎麼賠償？」

拜託，這話要說也是我來說好嗎！「又沒真的親到。」

而且我才不信他會為了區區兩塊肉的碰觸而耿耿於懷。

他沒那麼無聊。

「但的確碰到了。」

「你什麼時候這麼在意這種小事？」

「斤斤計較一直是商人的專利。」

更正，他真的是很無聊的人！

好啊！要計較是吧？大家都來計較好了。「你也碰到我的了吧。」我指了指嘴唇。「你又要怎麼賠我？」

我學他。

挑起一側的眉，他噙起一抹輕佻笑容。說真的，他這樣子，除了燃起我的怒火，還真的亂帥一把。

「行，我還妳。」

「什、什麼？」

他俯下身，湊了上來。

該死！樓梯口怎麼這麼窄，後退幾步就貼上牆了！

「不用了，我突然不介意了！」我伸出手擋在他面前。

「交易買賣講求信用，而我向來說話算話。」他笑答。

這傢伙來真的啊！

「你忘了我們已經不是那種關係了嗎？」我大叫，試圖喚回他的理智。

聽聞，他果然停下腳步，唇邊的笑卻未滅，深邃的黑眸清楚倒映我驚慌十足的神情。

「妳不說我還真的忘了。」

「現在知道的話，就別再過來了！」

壓著胸口，我鬆了一口氣。

「楊妤晴。」

「又怎樣了？」連名帶姓，通常都不是好事。

「我的耐性有限。」

「莫名其妙在說什麼。」

我順勢抬眼，無預警迎上他平瀾無波的雙眼，彷彿有股強大的吸引力，讓我移不開眼。

「妳究竟有多大的本事？」他將手插入額前微濕的瀏海，不可一世的姿態，語氣卻隱約透著無奈。「居然讓我等妳。」他忍不住自嘲一笑。

「你是不是頭髮沒擦乾，生病發燒了啊！」什麼耐性、什麼等不等啊？這人會不會說完整的句子啊！

他惱怒地瞪我一眼。「對，我真的病得不輕！」

「那你要不要趕快去看個醫生，」我給他良心建議，「不過現在這個時間有點晚……」

原來是身體不舒服，難怪說話語無倫次、情緒起伏大，終於理解了。

「不需要。」他咬牙，「沒救了。」

該不會是什麼不治之症，我心頭沒來由的一緊。我扯住他的手臂，他一震，「你的病……很嚴重嗎？」

「妳擔心？」

「別鬧了，你以前怎麼沒跟我說？」薛赫的生活總是被工作填得滿滿的，老是把自己當作超人，難怪身體負荷不了。

「什麼時候發現……？」

「妳不在的時候。」

「那也就是去年了。」我喃喃自語推測道，隨後仰起臉問，「醫生怎麼說，需要開刀還是藥物治療？就叫你要聽我的話，每天要按時吃飯睡覺，你看看現在真的出問題了吧！」

我像個碎碎唸的老媽子，氣勢很足地教訓他。

出乎我意料，他不反駁也不嫌煩，只是默默地凝視著我，黑眸盈滿了笑意。

「你還笑！」我斥責，「還有……會不會痛啊？」我擔心地皺了皺眉。

他笑著低下頭，「現在不會了。」

「前一陣子很痛囉？」

他大方承認，神采奕奕的表情和他的話連接不上。「痛得快死了。」

這傢伙從剛剛就一直笑得噁心巴拉，甚至有點……溫柔，不斷擊潰我的自制力是想怎樣！

我不自在地咳了聲。

「嗯、哦，那你……好好保重。」

聞言，他不滿意地攏起濃眉，「就這樣？」

「呃，不然呢？」

「安慰我。」

「……」

「現在。」

他說得臉不紅氣不喘，還帶著強迫意味。

我錯愕地久久無法回應。

——薛赫真的病到腦子都壞光光了！

「薛、薛赫你有事嗎？呃，我的意思是說你……還好吧？」我試探地問道，想證明剛剛那些話都是幻聽。

「不好，非常不好。」他雙眸微閃，「所以趕快過來安慰我。」醇厚的聲線輕誘道。

楚楚可憐的表情完全引人犯罪呀！

一年不見，霸氣傲驕王改走小綿羊路線了嗎？

我吞了吞口水，理智還在，身為女生的矜持絕對要守住啊。

「ㄅㄨ……」

四聲還沒來得及出口，薛赫倏地傾身，「拒絕的話我真的會……親妳，說到做到。」

空氣彷彿升溫，刻意的停頓，增添了層層曖昧的氛圍。

怦怦。

薛赫像是一切都沒發生似的緩緩退後，偏頭彎唇，等待我的「安慰」。

怦怦。

我們之間曾經以為的遙不可及，現在僅僅只有三步的距離。

我朝他的臉伸出手，他不閃躲也不畏懼，黑瞳一瞬也不瞬地凝視著我，就像怕我會臨陣脫逃。

怦怦。

指尖在碰觸之前，感受到他臉頰微微傳來的溫度，我還以為不愛笑的人，臉都跟冰塊一樣冰冷。

怦怦。

我深吸一口氣，大有為國捐軀的壯烈犧牲。

就差一點了……

怦怦！

怦怦！

怦怦！

心跳好快。

呼——

沒事的，就當作是撫摸一隻討拍的棕毛獅，會感到緊張也是在所難免……

忽然大門被打開了，梓瑩帶著歉意的笑容探出頭。一切發生得太快了，我嚇得縮回手，薛赫則不語。

她說她想洗澡，但礙於手傷拉不到衣服背後的拉鍊，只好出來請薛赫幫忙，不是故意要打擾我們。

我連忙訕笑說沒關係，順便刻意澄清我跟薛赫什麼事都沒做，甚至冠冕堂皇地誇讚梓瑩一番。

希望梓瑩不要以為我是罪不可赦的小三啊。

她被誇得滿臉羞紅，笑問我怎麼還是跟以前一樣嘴巴那麼甜。說起我這一等一的諂媚功力，全是拜薛赫那只升不降的自尊心所賜。

只不過他那時正用很鄙夷的眼光瞪著我。

「是說好晴這麼晚回去沒問題嗎？要不要讓小赫送妳？」

我急忙揮手拒絕，「沒關係，我朋友還在等我。」

梓瑩眨了眨眼，「妳朋友？」她忽然露出了然的笑容，「該不會就是上次那個外國人吧？」

「嗯，Chris。」

「哇啊！改天介紹我們認識啊。」

「有機會的話一起吃飯吧，他的手藝堪稱大廚。」我比出拇指。

「一定喔。」

我刻意忽略薛赫，和學姊說再見後，飛也似的下樓，剛好在一樓碰到從停車場走出來的Chris。

幸好他們住不同棟，否則我以後肯定再也不來找Chris了。

第六章　情歌沒有唱的事

這幾天我都忙著替天海翻譯文件，不知道是不是我的錯覺，總覺得工作量倍增，常常得犧牲午休時間趕工。

安恬兒明天就要結婚了，前幾天都請假籌備婚禮。至於蕙央也接了一個插畫的案子，近期正如火如荼地和對方接洽。

陶淵呢，據說去蒙古玩七天六夜，明天回來。別問我他去那裡做什麼，我不知道也不是很想知道。

總之，工作室就剩小貓幾隻，此時，桌上的手機微微震動。

「喂？」

「小傢伙在忙嗎？」

「妳是……？」一開始我還反應不過來，心想這是不是惡作劇電話。

「我是蘋果奶奶啊。」語畢，她發出豪邁硬朗的笑聲。

「奶奶！您最近好嗎？上次沒受傷吧。」我驚喜地叫著，沒想到她真的給我打電話了。

「好！當然好！沒想到小傢伙還記得我這老不死。」

「奶奶您說這什麼話，最近流感嚴重，奶奶要多保重身體，過馬路也要小心。」我忍不住多叮嚀幾句。

奶奶笑著直說我怎麼像她孫子一樣愛嘮叨。

「原來奶奶有孫子，一定很優秀。」

「他是優秀，但簡直像個孤僻老頭子，不愛說話也不愛笑，成天板著臉像是全世界都得罪他一樣。」奶奶說得無奈。「我還真希望他像個野孩子，打架鬧事蹺課，這才像個男孩子啊！」

我哈哈大笑，奶奶和她孫子根本是靈魂對調。

「小傢伙，以後挑老公別找這種的，別說奶奶沒警告妳。」

「是是是。」我失笑。

奶奶忽地嘆口氣，「他大學時交了一個女朋友，那陣子是我看他最快樂的時候，只是近幾年，完全變了一個人。」

「分手了嗎？」

「似乎是這樣，他也很少提，問了也不說，成天就是將自己關在房間裡工作，前年說要搬出去，找的房子距離公司開車至少半小時，比住家裡還遠，我這老人家實在愈來愈不懂最近的年輕人在想什麼。」

「奶奶要不要試著和他聊聊，您耐著性子多問他幾次就會說了。」

「妳怎麼這麼肯定？」

「呃，我之前也遇過這樣的……朋友，」我想了一下，還是這麼稱呼他吧，「雖然他總是擺著一副老子不屑甩你的樣子，但其實很容易心軟。您多撒嬌幾次，他就會全盤托出了。」

奶奶嘖嘖稱奇，「看不出小傢伙挺有一套的，過幾天他回家，我來好好問他。」

「能幫上奶奶的忙，我也很高興。」

我和奶奶閒聊幾句，知道她年紀八十好幾，卻在家待不住，老往外跑，四處旅行。

「奶奶我好手好腳的，不活動活動擺著等死啊！」

「要是這件事被您孫子知道，免不了又要被唸一頓。」我笑她。

「我才不管他呢！誰叫他不給我抱曾孫，整天就知道工作，快無聊死我了！」

我被奶奶的勇氣感染，「好啊！找一天我們一起去環遊世界吧！」

奶奶笑得很開心，直說不許食言。

「把下星期六晚上的時間空出來，奶奶想請妳吃頓飯。」

「奶奶，真的不用啦！」

「不行！」奶奶忽然嚴肅道：「地址我等會給妳發過去，可不許爽約！」

「等等……奶奶！」電話掛斷的嘟嘟聲傳來，這位奶奶也是挺霸道的。

中午，本來打算把放得有點久的泡麵拿出來墊胃，門口卻出現了一位意外的客人。

「學姊？」

她提著一個大袋子，身著白色碎花小洋裝，站在門外興奮地朝我招手。

我請她進來，學姊左顧右盼了一下，忍不住發出讚歎，「這裡的工作環境真不錯，感覺好溫馨。」

「學姊怎麼會來？」

看到我桌上的泡麵，「妳還沒吃飯吧？」她喜孜孜地舉起便當袋。「一起吃中餐吧。」

每次見到她，就算拒絕的話已到嘴邊，還是說不出口。「……嗯，好。」

「我今天休假，想說給小赫做便當，畢竟外食吃多了不好。」她邊說邊打開餐盒，配菜均衡，一看就知道花了很多心思。

「想說回程會經過妳的工作室，所以就順便也給妳做了一份。」

「啊……謝謝。」原來我是順便的。

我咬了一口鮮嫩多汁的雞肉捲，驚呼，「這個超好吃的！」

「真的嗎？我第一次試做，還好妳不嫌棄。」人美心善，有頭腦還有做菜的天分，梓瑩還要不要給全天下的女人一點活路啊。

扒了一口白飯，我含糊不清道：「對了，上次的傷還好嗎？有沒有去給醫生檢查？」

「哎唷，妳怎麼跟小赫一樣愛大驚小怪。」為了證明自己沒事，梓瑩快速動了動手腕。「好得很！我邱梓瑩可不是嬌生慣養的啊！」

我笑了笑，說著沒事就好。

約莫幾分鐘，我看著學姊眨著杏眼盯著我，似乎期待我說些什麼。

「怎、怎麼了？」

「想知道妳和那個 Chris 怎麼樣了。」她說話完全不拐彎抹角，大有犀利律師的風範。

我乾乾地笑了幾聲，「我們感情很好，好朋友嘛，假日偶爾一起出去玩，下班一起吃個飯，沒什麼特別的。」

梓瑩始終含笑看著我，讓我愈說愈心虛。

「以前我常想，人生要是能像妳這麼灑脫就好了，或許就不必為了小事耿耿於懷，甚至……和他人比較。」

她自嘲。我第一次見她笑得這麼淒涼，彷彿她現在所擁有的一切都不是她想要的。

曾經的光鮮亮麗，如今卻顯得黯淡無光。

「發生什麼事了嗎？」

「沒什麼，只是感嘆罷了。身為一個女人，我該經歷的都經歷了，唯一的遺憾大概就是沒有孩子陪我到老。」

「怎麼會呢，還有薛赫啊。」

「小赫嗎？呵，他能陪我多久？」梓瑩斂下長長的睫毛，讓我看不清她此刻的表情。

「不會的！別人我不敢保證，但如果那人是薛赫，就絕對不會丟下妳不管！」我的音量不自覺加大，帶著堅信與決然。

「既然如此，妳為什麼選擇離開他呢？」

我一愣，「如果離開能讓我們彼此都好過，我沒道理留住他。」

聞言，學姊輕笑，「那麼，妳覺得他現在過得好嗎？」

「不好嗎？」我反問。

學姊沒有回答，如湖水般清澈透亮的眼眸中，卻帶著迷惘。

半晌，她微微吐了一口氣，「終究會離開的，我想他已經到極限了。」

❖

安恬兒結婚這天，天空晴朗無雲，空氣裡卻透著些許冬日的涼意。

「動作快一點！賓客家長都來了！」

門外傳來緊湊的腳步聲，全都是為了咱們今天的新人忙得不可開交，至於我們的女主角……正斜躺在沙發上啃著零嘴。

「別吃了！白紗都被妳弄髒了。」安恬兒咔滋咔滋地咬著，我則很勞碌命地用雙手接下從她口中掉出的零食碎屑。

「就不要出場時，小腹圓又凸，」蕙央在她的肚子前比劃道，「到時可就不是只有我覺得妳是隻鵝。」

「李穢央！」青筋一爆，安恬兒怒吼。

丟開手上的餅乾，她提著澎澎的蕾絲婚紗氣鼓鼓地起身，甩開腳上的白色高跟鞋，準備來一場生死鬥。

「暴力女！妳老公知道他有個力氣跟費歐娜一樣大的老婆嗎？」

「總比妳這都已經三十歲的老妹還找不到對象要好！」

「我才二十四！寧缺勿濫聽過沒！」

他們一左一右站在我的兩側隔空喊話，吵得我頭都痛了。「都什麼時候了，妳們今天就不能休戰嗎？」

「下輩子吧！」她們異口同聲。

「誰准妳學我的！」

「妳才愛學！從大學時候就是個學人精！」

唉。

「我出去轉轉。」戰火四射的她們，正激戰到欲罷不能，兩人很一致地選擇忽略我，我才得以離開現場到飯店的後花園清靜片刻。

途中經過婚禮會場，策劃人員正在播放安恬兒和她老公的投影片，婚宴桌數不多，就只邀請仍有聯繫的朋友參加。

我坐在後花園的階梯上，兩手撐頰，望著零星點綴著枝頭的粉色梅花，涼風吹得我裸露在外的手臂泛起疙瘩。

昨天，安恬兒因為要準備結婚的事請假一天。工作室剩我和蕙央，我們有一句沒一句地聊天。

「看不出那隻鵝挺上相的。」蕙央翻著安恬兒的結婚喜帖嘖嘖幾聲。

我推了推臉上的眼鏡，手指不離鍵盤。工作量爆增，一天睡眠時間加起來不到四小時，眼睛乾澀得連隱形眼鏡都戴不上去。

蕙央知道我沒時間回答，繼續說道：「星期日的婚宴妳怎麼去？」

「Chris 會來接我。妳要一起嗎？」

「當電燈泡這種缺德事我才不幹！我跟陶淵一起去好了。」

不理會她的話中有話，我對照著資料，喝了一口咖啡，繼續敲著鍵盤。

「欸，妳跟薛赫到底會不會復合？」

「好端端的幹麼又提到他？」

「好奇嘛，畢竟妳才回來沒多久，就頻頻和他扯上關係，或許會舊情復燃也不一定……」

我停下手邊的動作三秒，隨後馬上恢復原有的打字速度。「答案不是明擺著嗎。」

「會。」

我白了她一眼。「不好笑。」

蕙央誇張地唉了一聲，一屁股坐在我的辦公桌上，搭著我的肩。「說認真的，我從來就不覺得妳比邱梓瑩遜色。」

「還真是謝謝妳哦。」

「所以還等什麼？搶回來啊！妳又不一定會輸。」

「我們不可能了。」

「為什麼？」

「前陣子和他談過這個問題。」我聳肩，「本來想說如果當朋友應該滿好，但他拒絕了。」

蕙央瞪大眼，像是在看從動物園逃跑的猩猩一樣，「楊好晴妳是腦子進水嗎？跟前男友講什麼當朋友，正常人會願意嗎！」

「怎麼不會？」

「如何跟一個自己愛過的人正常地說笑，看著對方牽起別人的手、擁抱別人，還能一副沒事的樣子？」

我沉默。

「不能吧！妳看著他跟學姊卿卿我我，心裡真的覺得沒關係嗎？」

……沒關係，我說過我可以。

「這樣的你們，真的可以成為朋友？」

一想到蕙央昨日的質問，我煩悶得將頭埋進臂彎裡。「沒關係？真的嗎？」我這麼問自己。

可是……怎麼笑不出來？

我用手指撐起嘴角，手一放，兩頰便無力地垮了下來。

忽然肩膀一沉，一件淺藍色的西裝外套掛在我的肩上，我仰頭和上方的藍瞳四目相接。

「想什麼呢？」

藍眸溢滿柔情的水光，我微微一笑，搖頭，收回看他的視線，轉而落在前方。

「恬兒穿上婚紗真的很漂亮。」我由衷稱讚。

結婚是一個女人最美麗的一天，任何美好事物都比不上新郎新娘交換戒指的那一刻。

「很美。」Chris 在我身旁坐了下來，看著我說。

剪裁合身的深色褲子讓他的腿看起來更加修長。「我有說過我人生中最期待的一件事是什麼嗎？」

「沒有。」

Chris 笑瞇了眼，平時凌亂的金髮在今天特別梳理得很整齊，散發貴族的高雅氣質。

「結婚？女孩子好像都很期待這天來臨。」他猜。

我朝他俏皮地搖搖手指，說出了答案。「是看到好朋友帶著全世界最美的笑容和她愛的人結婚。」

他了然地啊了一聲，「果然不能用常理來思考晴的腦袋。」

「喂！」我不滿地推他一下，激動地說：「你不懂當看到自己的好朋友得到幸福的那一剎那，有多麼美好！」

「那麼妳的快樂呢？」他問，眼眸閃爍著。「能讓妳幸福的事是什麼？」

空氣靜默得彷彿時間靜止了。

我們相互凝望，久久不語。

「妳的幸福裡會有我嗎？」

那瞬間，我看見他湛藍有如玻璃珠的眼眸，透著異樣的光彩，低聲呢喃著那些他從未開口的事。

但一切都發生得太快了，他輕輕地笑了，大掌順勢壓住我的頭，還來不及釐清這感覺，又再次消失得無影無蹤。

「會有我吧？」他再問一次，這次有點半強迫，卻讓人明白這是玩笑。

心裡不知為什麼忽然鬆了一口氣，我毫不猶豫地點頭。「會啦會啦，跟你在一起，是很幸福的事啊。」

沒有壓力，可以肆無忌憚地做自己。

他滿意地點點頭。

同時，薛赫和學姊挽著手，齊齊朝我們走來。

Chris 收回放在我頭上的手，禮貌性地一笑。「很高興又見到薛先生了，世界真小，原來大家都認識。」

「你好。」薛赫簡短地打招呼，看了一眼錶上的時間。

「你就是 Chris 吧，終於見到本人了。」學姊雀躍地和 Chris 握手，曖昧的眼神在我們之間流轉，「本人果然很帥氣呢。」

「學姊，別太誇他，他容易驕傲。」

Chris 笑了，大海般的眸子顯得晶亮。「邱小姐也很漂亮，比起我們家晴，有氣質多了。」後面那句他說得特別認真，特別刺耳，特別標準。

我嗤了他一聲，看到美女就忍不住油腔滑調了。「你想被遣返回英國是吧？」

「晴這是在吃醋嗎?那我會很開心喔。」

「真是受不了你。」我推了他一把，他哈哈大笑。

看到我們一來一往地鬥嘴，梓瑩掩嘴格格笑，但一直有股不知道打哪來的冷風不停從腳底竄上。

學姊忽然說道，「沒想到妳們之中會是恬兒先結婚。」

我笑了下，「很多事都很難說。」

「是啊，很難說。」她重複道，「所以有些事不要太早下定論。」她朝我眨了眨眼。

學姊走上前握住我的手，用只有我們兩人能聽見的聲音說道：「很多事太早放棄可就便宜敵人了。」

我想張口說些什麼，學姊卻退開了。「我們先走了。」

我的視線忍不住瞟向一旁沉默的男人，他沒有看我，低頭默不吭聲地滑著手機。

「過幾天奶奶生日，說很想妳，要我帶妳回去，妳哪天有空？」

「奶奶生日，怎麼樣我都有空，我會把事務所的工作排開。」學姊開心地應了聲。

「嗯。」

我發愣地看著他們有說有笑的背影。

回到休息室，便看到兩個女人戲劇化地坐在地上抱在一起哭成一團。

「我們逃婚吧！嗚嗚……」

「……不要嫁！」

「以後孩子一定要認我當……乾媽哦……」

「以後要是我們生一男一女……嗚嗚，要不要先結親家……」

她們邊哭邊說，一旁的化妝師傻眼地站在旁邊無能為力，補妝也不是，兩個人又像口香糖一樣緊黏著拉不開。

「不能啊……我們還要留一個位置給小晴呀，混血寶寶一定很漂亮，絕對要湊對啊。」

還未出世的孩子們辛苦了。

不對！誰准妳們亂配對啊！

婚禮準時開始。

漫天飛舞的透明泡泡在陽光的照耀下，五顏六色，十分壯觀。新人交換戒指的那一刻，彷彿全世界所有的陽光都閃耀在他們身上。

看見安恬兒幸福笑著的畫面，我也忍不住笑了。

新人領著賓客前往外頭的露天餐點區，幾個挺面熟的女生朋友爭先恐後地跟在他們後頭。

其中一個也拚命在推擠的人被我認出是蕙央。

「食物很多不用搶成這樣。」

「現在誰管吃的，我李蕙央會不會在今年交到男朋友就看等一下了。」蕙央戰鬥指數百分之兩百。

我想了想，「該不會是搶捧花吧！」

一提到關鍵字，四周圍射來幾位女性殺人的目光，我抖了下，這比搶限時拍賣還激烈。

我默默地和前方的搶捧花團保持距離，完全不想捲入這場女人間的戰爭。

望著站在高處準備丟出手上捧花的安恬兒，她很吊人胃口地要丟不丟，氣得台下虎視眈眈盯著獵物的女生吼叫連連。

我的肚子餓得咕嚕咕嚕叫，心裡直拜託安恬兒別再玩弄這些人了。

突地，尖叫聲四起。

蕙央像是看到百貨公司商品全面一折，腎上腺素徹底被激發，發出一聲應景的低吼。

「吼啊啊！全部給我讓開！」

「我的！我的！」

「我摸到了！摸到了！」

抱著看好戲的心態，我回頭，熟料，捧花直直朝我拋來，正中我的腦袋。

「安恬兒……妳是跟我有仇嗎，這麼遠也能砸到我。」我欲哭無淚。

現場靜默幾秒鐘，忽地有人大喊：「捧花還沒被撿起來！快搶！」

所有女生同時回過神，像是有千百頭大象朝我撲來，塵土飛揚，摻雜在其中的蕙央嚷著：「楊好晴快撿起來！」

「什麼？」

「我叫妳撿起來！」

「喔。」我蹲下身輕鬆拾起捧花，看著跑來的蕙央，我將捧花遞給她。「給妳。」

蕙央斜了我一眼。「捧花有在轉讓的嗎？」

「……對耶！那我撿了欸……啊！我不要！」我像拿到燙手山芋一樣，甩出手裡的捧花。

「哇啊！楊妤晴妳瘋了嗎！」蕙央痛心尖叫。

捧花在眾人的注視下，在空中劃出一條漂亮的拋物線，突地，同時出現兩隻手成功攔截捧花墜地的悲劇。

兩個男人同時抓住捧花的一頭一尾，旁觀的人群發出驚呼。

蕙央確定捧花沒事，掄起拳頭就想揍我，結果又再回頭看了一眼那兩個男人。

「靠！現在是在拍戲嗎？」蕙央傻眼，「太狗血了，這劇情！」

「所以現在……我需要對他們負責嗎？」

蕙央推了下我的頭，「妳還有心情說風涼話！去拿回來！」

「我去？」

蕙央投以「廢話」的眼神給我。

我在心底哀嚎。這真的很尷尬啊……

圍觀的群眾愈來愈多，我的腳像是灌了水泥一樣舉步艱難，身為這場宴會的主人安恬兒也不幫我圓場，自顧在台上觀火。

「那個……」呵呵幾聲，我抓了抓頭。「麻煩把捧花還給我。」

我伸出雙手去接，卻看見兩個身高一百八十幾公分的男人，同時對我展露笑顏，Chris平時總是嘻嘻哈哈我見怪不怪，但薛赫居然也笑得和煦燦爛。

老實說我很害怕。

聞言，他們誰也沒有鬆手的打算，兩個禍國殃民的大男人四目相接，始終保持紳士的微笑，成功成為最引人注目的焦點。

搞清楚啊！主角不是你們兩個，少在我面前眉來眼去！

不等他們反應，我搶下他們手上的捧花，硬是強迫他們分開。

我朝台上仍在看好戲的安恬兒使了眼色，她才不情願地宣布餐會開始。

伴隨著交談歡笑聲，陶淵把個人致詞當成古典作詩大會，朗誦了將近半小時。

當我第五十二次在心裡想著，他到底什麼時候會被保全請下台時，一群人浩浩蕩蕩地朝我走來。

「大嫂！」

「……」

「吉祥物妳那是什麼眼神？」

「四大彩子！」

「好久不見。」他們齊聲回應，好默契依舊。

「你們怎麼會來？」

「當然是收到邀請啊。」

差點忘了，安恬兒之前也是學生會的狂粉之一，原因不外乎是學生會有著美男後宮之稱。

「怎麼沒見到老大？」四人之中說話最衝最直、體力最旺盛的紅問道：「該不會吵架了吧？」

一旁有著太陽稱號，擅於交際，總是掛著一張溫煦笑臉的黃連忙補充，「吵了四年也沒見妳贏過，趕快棄械投降，不要浪費體力。」

「喂！你們不要拿陳年往事出來說！現在的我不一樣了！」我不甘示弱地挺胸。

黑掛著細框眼鏡，冰冷且一絲不苟的外貌，對於金錢利益得失斤斤計較，也是毒舌出名。他細細打量了我一番，「還是一樣沒腦。」

一旁溫文儒雅，有著比女孩子還細嫩的皮膚，寫了一手好字，容易害羞的藍，啜了口香檳，淡淡地笑了。

「你們這群臭小子才都沒變，全都跟薛赫一個樣。」

「我怎樣？」

「……」

四大彩子各個一臉「妳死定了」的欠打表情，端起諂媚的笑臉，像是找到主人的小忠犬全巴到薛赫身上。

「老大，你是不是又做了什麼惹大嫂不開心？」

他僅僅只是挑眉，四隻忠犬就一致把苗頭指向我。「大嫂，妳這樣不行喔，大哥那麼夯，萬一被外頭的野女人搶走，妳可別來找我們哭訴。」

我無語望天，看見薛赫一臉得瑟的模樣，加上他這陣子仗著自己的職位向我施壓，我就滿肚子火無處發洩。「OK，不過有幾點需要釐清一下。第一，我們分手了，請別再叫我大嫂。」

四人瞪大眼，張大嘴，搖頭。薛赫則一臉平靜。

「第二，你們的大哥現在和學姊同居。」

聞言，四人驚恐得放開抓住薛赫西裝的手，至於當事人依舊面無波瀾，僅僅只有眉頭皺了一下。

「再來……」

「還有啊？」四人異口同聲。

「就照你說的，我們還是別當朋友吧。」我看著薛赫，淡淡地說出這句話。

四大彩子戲劇化地倒抽一口氣。

「現在是在演哪齣？別、別為了我們吵架，我們剛剛都是開玩笑的啊。」

「好了，我說完了，你們慢聊。」望著四張驚呆了的面孔，我微微彎唇，瀟灑離開現場。

❖

儘管昨天婚禮上兩人還哭得唏哩嘩啦，回到工作崗位，蕙央和安恬兒依舊把工作室鬧得天翻地覆。為了誰先影印這種小事爭吵早已見怪不怪。

「小晴妳來評評理！我這份文件下午一點就要交了，理論上來說應該是我先印才對吧？」

「瘋婆子！是我先站在影印機旁邊，當然是我先啊！」

「所以意思是說，妳先到總統府，總統就是妳當囉！」

「妳！李穢央妳不要講不贏，就搬出一堆歪理！」

「妳怎樣！」

「我怎樣！」

「比大聲啊！」

「想打架嗎！」

「啊啊！煩死了！電腦不是也可以列印嗎？」捂著耳朵，我大叫。

兩人安靜了幾秒，摸摸鼻子。

「對齁……呃，算了！我大人有大量，讓給妳這隻鵝好了。」

一聲河東獅吼響徹整個工作室。

第七章　暴風雨前夕

我懷疑，不，非常確定薛赫一定是公報私仇！

自從安恬兒的婚宴結束，我的工作量又多出了好幾倍，蕙央都說我再這樣下去會搞壞身子，但我就是不願向薛赫低頭。

蕙央和安恬兒取笑我說，我和薛赫現在這樣子，就像是情侶在鬧彆扭。

「誰跟他是情侶啊！難搞、龜毛、高傲，翻臉比翻書還快，我開始同情學姊了。」

蕙央斜眼看我，嘲笑道：「我看妳這根本是忌、妒。」

「我才沒有！」

蕙央聳肩，一副「隨便妳怎麼說」的模樣。

中午大家出去覓食，我則留在工作室，一心只想快點完成工作，晚上還得跟奶奶吃飯。

不知道過了多久，工作室只剩答答答的鍵盤聲，我完全沒注意到下午的工作室安靜得出奇。

等我回過神來，已經下午兩點了。我拔下聽音樂的耳機，才看見手機多了好幾通未接來電訊息。

「喂？怎麼了？」我回撥，用右肩和臉頰夾著手機，「蕙央，妳們也太不夠義氣了，打算翹班哦？陶淵不在就這樣放生我。」

我嘀咕幾句。

「大事不好了！妳快來醫院一趟！」蕙央說得又急又快。

我停下敲鍵盤的動作，轉而用手死死地握著手機。「什麼？妳受傷了？還是……」

說話的同時，我已經按下電腦存檔鍵，將桌上重要的東西全掃進包包內。

「不說了不說了，我待會傳醫院地址給妳，妳快點來！」

收了線，我和幾位比較資深的工讀生交代些重要的事就匆匆走了。

順手招了計程車，一路直奔醫院。我的心臟噗通噗通的狂跳，司機看我坐立難安的模樣，也沒了和我哈拉的興致，加快行車速度。

抵達醫院，蕙央剛好傳來房號的訊息。

問了護士病房位置，我急忙衝進電梯，咬著指甲，我焦慮地走來走去，注意到身旁一位倚著拐杖的老爺爺狐疑地看我一眼。放下手，我朝他點頭尷尬微笑。

看著不斷往上升的樓層，心像被勒在半空中一般難受，到底發生什麼事了？

電梯在骨科那層樓停了下來，迎面走進電梯的是一身白襯衫，領結被順手拉了下來，左手上披掛著西裝外套的男人。

我挪出空位給他，在這裡見到他讓我焦躁的情緒又更加翻騰，手撫著因沒吃午餐而隱隱作痛的胃。

而打從我踏進電梯，視線一直沒離開我的老爺爺忽然開口：「小姐，看妳年紀輕，肯定還沒想清楚。」

我疑惑地用手指了指自己，是在跟我說話嗎？

「聽我這老人家的話準沒錯，」他語重心長地說，「孩子還是生下來吧。」

我震驚了好久，懷疑是不是肚子餓讓我出現幻聽。

「人這一生會遇到許多和醫院脫不了關係的事，生老病死。」說得我心惶惶。「但誰也阻止不了誰該出生，誰又該死亡。所以小姐啊，既然天注定要讓妳生下這個孩子……」

爺爺還在絮絮叨叨，「這位小姐別說我這老人愛管閒事，我知道我時日不多，做幾件好事也算是給自己積德。」

「爺爺您聽我說……」

「這位年輕人你來評評理，這位小姐要把孩子拿掉，我看你們年紀相仿，不如你來勸勸她。」

「什麼？」我錯愕。

「妳懷孕了？」頭頂飄來薛赫清晰且冷若冰霜的語調。

「原來兩位認識？那再好不過了，快勸勸你這位朋友，讓她不要衝動做傻事。」

爺爺您不要再加油添醋了啊！

「誰的？」我不敢看他，明知我怎麼樣都不關他的事，但這氣氛活像捉姦在床似的。他不慍不火的口吻，讓我直退至電梯角落。

樓層一到，情急之下我隨意脫口而出：「要你管！不是你的就對了。」

安恬兒懷孕了。

當我和蕙央在病房看著她老公欣喜若狂地抱著她，說著「我要當爸爸」時，我們很識相地退場。

這時候的確是需要好好喝一杯慶祝好姊妹有孕，不過我跟奶奶還有約。而且我還是得回工作室處理那些被我拋在一邊的工作。

晚上，想著和奶奶吃飯不能太隨便，於是化了點妝，還特地穿了牛仔裙。

五點五十分，我到了奶奶告訴我的地點，打了通電話給她，「奶奶我到了，您在哪？」

「我在餐廳裡了。」

我四處張望，發現奶奶在裡頭朝我招手，我掛了電話，走了進去。

「奶奶。」她身旁坐了一些人，遠遠的，我看不太清楚。

她老人家對我笑了笑。「哎唷！小傢伙果然天生麗質。來！這邊坐。」奶奶笑臉迎人朝我走來，熱情地挽住我的手臂，讓我坐在她身旁。

「謝謝。」

「我來跟妳介紹。」

定睛一看，我看著餐桌上其餘四個人，嚇得瞠目結舌，當下我真希望這一切全是一場夢。

這一定是噩夢，只要我一閉上眼睛，再睜開，我就會醒來的。

我慢慢地閉上眼，深吸一口氣。好了，等我張開眼，我就會發現，我只是躺在床上睡著了。

一、二、三。張開眼。

四人依舊坐在我眼前，定定地看著我，唯一不同的是，他們對我閉眼又睜開眼的舉動感到詭異。

「快坐，我跟妳介紹一下。」全場最開心的莫過於奶奶了，她一一向我介紹她的家人。

我只能點頭陪笑，全程不敢對上任何一個人的眼睛。

眼前分別坐著薛赫、學姊，還有薛赫的父母。我看了奶奶一眼，也就是說，奶奶的孫子是薛赫！

我的頭好痛。

「今天是我這老不死的生日，那天要不是這位小姐，我或許沒辦法參加今天的生日宴會呢。」

「奶奶您怎麼沒跟我說是您的生日，我沒有準備禮物。」

「妳能來就是最好的禮物了。」奶奶拍著我的手，「想吃什麼就點吧！今天我最大！」

我艱難地點頭說好。今天中餐沒吃，照理說我應該是餓到前胸貼後背，但在看到這一桌的人之後，胃口全沒了。

「這是我兒子和媳婦。」

「伯父伯母好。」

「妳好。」

與薛赫交往期間，我並沒有見過他的父母，因為薛赫說他們都是大忙人，只有逢年過節、生日，我會請薛赫轉交禮物給他們。

我不知道他們有沒有認出我，希望沒有。

真沒想到是在分手後，才見到薛赫的家人，而且是在這種誤打誤撞的情形下，我真該考慮去廟裡燒香拜拜。

「坐在妳正對面的是我孫子。」奶奶忽然壓低聲音，「帥吧，但是不是看起來就不好相處？」

「呃嗯，」雖然心裡百分百贊同，「不會啊，您孫子看起來很善解人意。」

語落，我瞥見薛赫的嘴角抽了抽。

「坐在他旁邊的是同校的學姊，她可是小有名氣的邱大律師呢。」

「奶奶您太誇獎我了。」梓瑩微笑道。

「妳的實力和認真的態度我自然知道，否則我孫子怎麼這麼喜歡和妳共事。」

「只能說您孫子有慧根。」

學姊機靈可愛的語氣，讓在場大家都笑了。

同校的學姊？我皺眉，難道薛赫的家人不知道他們在交往？

「對了，上次的事，沒讓妳上班遲到吧？」

「沒有，剛好趕上了。」

「那就好。」隨著服務生逐漸上菜，奶奶也催促大家趕緊動筷子。看得出薛赫的父母感情很好，薛爸爸和薛赫很像，嚴肅冷漠的外貌如出一轍，但當他看著自己老婆時，眼神卻溫柔得幾乎要化成水。

我看著他替薛媽媽夾菜的舉動，輕輕地笑了，正好被夾菜給我的奶奶看見了。「羨煞死我老人家了喔，我兒子從來沒給我夾過菜。」

聽見奶奶酸溜溜的語氣，我不禁偷笑。但當我看見碗裡多出一塊特大的紅蘿蔔，我完全笑不出來了。

見奶奶還想再給我一塊，我連忙伸出手，「奶奶，可以了可以了。」

「我看妳吃這麼少，不要覺得不好意思，多吃一點啊。」

此時薛赫遞上自己的碗，「奶奶給我吧，她不喜歡吃這個。」

「妳不喜歡吃啊？早點跟我說就好了。」她將紅蘿蔔給了薛赫，「咦，不過，孫子啊，你怎麼知道楊小姐不喜歡？」

噔愣！

我骨碌碌地轉著眼，趁奶奶不注意時，朝薛赫使了眼色，要他閉上嘴，死都要裝作不認識我。

他睨了我一眼，淡淡說道：「猜的。」

聽他這麼一說，我呼了一口氣。

奶奶忽然想起一件事，笑得一臉不懷好意，「孫子啊，最近有沒有什麼新鮮事，說給奶奶聽聽。」

「沒有。」

奶奶看向我，眼神似乎在說「我的孫子就是這副死樣子，一點都不討喜」。

「那，說說你的女友吧。」

我默默低頭扒了幾口飯，但耳朵可是打開偷聽著。

「沒什麼好說的。」

奶奶深吸一大口氣，「不然這樣好了，我好像沒聽你說過前女友的事，前女友總該有什麼好說的吧。」

「噗咳咳——」一口飯噎在喉嚨，我死命地拍拍胸口。

「怎麼噎到了？來來來，喝點水。」我接過奶奶遞來的水，咕嚕咕嚕地灌了幾口。

「奶奶我沒事，你們繼續聊。」

腦海飄來前幾天奶奶跟我說她孫子的狀況，沒想到她說的人居然是薛赫，我還亂教奶奶一些有的沒的，沒事給自己挖坑跳。

只希望薛赫能秉持一字千金的原則，不要多說些什麼。

「怎麼分手的？我老人家連人影都還沒見過吶。」

奶奶確實把我的話聽進去了，除了打破砂鍋問到底，語氣時不時控訴薛赫對她老人家冷淡，她都一把年紀，還要擔心孫子，而且孫子還對她不理不睬。

奶奶的學習力確實很強，教一次就會，甚至青出於藍。但現在根本不是讚歎的時候，「奶奶，您還是別問了，畢竟有外人在，您孫子不想說也是可以理解的。」

不知道薛赫是不是故意的，深沉熾熱的目光移往我身上，我立即裝作若無其事地避開他的注視。

「她和我提分手。」

我驚訝地看向薛赫，這傢伙還真的說出來了。從大家驚訝的表情看來，似乎從來沒聽過薛赫提起這件事。

奶奶見機不可失，連忙追問下去，「什麼原因？劈腿？小三？」

我被奶奶的猜測逼出一身冷汗。

「都不是。」

「那到底是怎樣？總不可能是你莫名其妙被甩了？」

薛赫抿出淺淺的笑，「起初我也覺得不可能，但似乎是這樣呢。」

直覺告訴我，我該忍住。

「這個壞女人怎麼可以甩掉我的寶貝孫子。」奶奶露出心疼的眼神。「哎唷！我們家薛赫受苦了！」

我不斷告訴自己，不管他怎麼說，我自己知道沒有錯就夠了。

「不要緊！我們孫子這麼優秀，一定可以找到比那個壞女人更好的人，一定可以過得比她更好。」

薛赫難得露出可憐兮兮的臉，我以前還真不知道這傢伙是戲精，裝可憐的工夫一流。奶奶要是知道那個壞女人是我，一定會把我生吞活剝。

忽然奶奶轉過身朝我眨眼，豎起大拇指。「小傢伙的方法真管用。」

「呃哈哈，是啊。」我苦笑。

我們的對話似乎被薛赫聽到了。他噙起笑，笑意卻不達眼底。「既然楊小姐這麼厲害，倒是說說看對方為什麼會丟下我？」

他的話，徹底點燃我的情緒。

「明明就不喜歡我，幹麼每次都裝出一副是我拋棄你的樣子。」

「妳是啊。」

面對他絲毫沒有猶豫的肯定句，我憤憤起身，「你真的知道自己在說什麼嗎？」話說到一半，驚覺自己成了焦點，我愣了愣，指著薛赫的手也默默放下。

學姊驚恐地捂住嘴，薛赫的父母也露出驚訝的表情，奶奶則是一臉困惑地看著我。

薛赫似乎也被惹怒了，神情凝重，「因為妳什麼都不知道，所以才可以說走就走。」

現在是把分手的錯都推到我身上？

我攤手，「好啊，就當全都是我的錯吧。」

每次吵架，我知道薛赫最討厭這種「都我錯，你滿意嗎？」的口氣，而我就是故意要說這話來刺激他。

通常聽到這種話，他會直接垮下臉，然後轉身走人，甩門。對於我們的吵架模式，我甚至不用猜就能知道下一步會怎麼發展。

我等了又等，沒有預期的結果。大概是家人都在，至少要維持住形象吧……

「向我道歉，我就原諒妳。」夾帶著狂傲的語氣，他說。

我看向他，半晌說不出話來。

以前的我或許會委曲求全，怕他生氣，但現在我不會了。

「我不需要你的原諒。」

夜幕低垂，我一個人走在行人稀少的街道。晚風襲來，我拉緊身上的外套，看了看因為穿牛仔裙被冷風吹打而開始起疙瘩的雙腳，我自嘲地笑了。

天啊！好淒涼。

明明是我贏了，為什麼感覺又回到我們分手的那一天，看似戰勝了，實則兩敗俱傷。

那天後，日子恢復到以往的寧靜，與天海的合作關係已經在上個星期結束了。彷彿什麼事都沒發生，就像我的世界裡從不曾出現過薛赫這個人。

我試著打電話給奶奶，因為總覺得對她很抱歉，但她老人家不肯接我電話。

「這頓飯就把我欠妳的還清了，我們也別再聯絡了。」

我重重嘆口氣。自從回台後，沒有一件事是順心的，以為處理得很好的感情，卻莫名重新牽扯在一起。面對我和薛赫時好時壞的關係，我愈來愈迷茫了。

週五下班，蕙央提議因為上次我沒跟上安恬兒懷孕的慶祝聚餐，決定這次要去安恬兒家再慶祝一次。

晚上十點多，聚餐結束，我婉拒了 Chris 送我回家的提議，「我搭公車吧，順便醒醒酒，走段路消化一下肚子裡的食物。」

Chris原先還是不放心，但在我的堅持下，他最終還是妥協，叮嚀我自己要小心後，就開車回去了。

我慢慢步行到公車站，坐在椅子上放空腦袋。

忽然看見一群人相互勾肩搭背，扯著嗓子大吼大笑。我趕緊撇頭不看向他們，萬一被找麻煩就不好。

「嘿大嫂！」

聽到熟悉的聲音，我回過頭，醉醺醺的四位高大人影，搭著肩走得東倒西歪，身上濃濃的酒味。我皺了皺鼻子。「你們怎麼喝那麼多？」

打了聲酒嗝，他們吆喝歡呼。「……開心不開心都要喝！」

心裡正暗罵他們神經病，突然在四人之中發現另一個方才沒注意到的身影，是薛赫！他瞇著眼，帶著酒醉迷離的眼神看了我一眼。

我甚至覺得他已經醉得不認得我了。

「你們回家小心，喝酒就別開車了，要不要幫你們叫計程車？」

「大嫂說得對……喝酒不開車！」

這些傢伙什麼時候這麼聽話？

「所以……」四人一致賊賊地看著我。「大哥交給妳負責，計程車我們已經叫了。」

靠，我就知道他們四個湊在一起準沒好事！

也不管我答不答應，他們就將薛赫一把推向我。感受到他壓在我身上的重量，我悶哼一聲。「等等……你們現在是真的要把他丟給我嗎？」

「當然，我們什麼時候開過玩笑了！」

每次。我在心裡吐槽。

「計程車我們只招到四人座，讓司機等太久也不好，這種大冷天還是早點洗洗睡。」

「明天假日我們可是還要上班。」

「太晚回去……女朋友會生氣。」

「……我、我要回家睡美容覺。」

這些是理由嗎？

「大哥家就在這附近，大嫂就當作日行一善，加上妳也知道大哥家在哪裡，由妳送他回去是最合適的。」

「話不是這麼說……喂！你們想害我被當小三啊！」我朝他們揚長而去的計程車大吼，還引來路人的側目，一個個都一副「小三不得好死！下地獄！」的眼神，我只好拖著薛赫高大的身軀，趕緊逃走。

中途，我撥了通電話給學姊卻都轉接到語音信箱，找不到的人狀況下我只好自己一個人將他扛回他的住處。

一個一百八十幾公分的男人，對於我這種個頭不高的女生來說，簡直是巨人等級。我吃力地將他的手臂環在我的肩上，拖著他去搭電梯。

等電梯時，他高大的身軀不斷往下滑，我只好雙手奮力將他往上托住。

忽地，我的腳一個重心不穩，失去平衡往後倒去，所幸背後是一片牆，撐住了我們。

我鬆了一口氣，回過神，頓時發現我和他距離近得都能感覺到彼此的氣息，讓我幾乎忘了要怎麼呼吸。

我搖了搖頭，我大概也喝了太多酒。

抬眼，見他的眼皮微微掀起，他皺了皺眉，迷濛的目光，定格在我僵在半空中的側臉。

深邃立體的五官就跟我第一次見到他時一模一樣，對於他留給我的記憶，或是該說每次看到他，我永遠只記得我們爭吵的時候。

有多久沒有這麼安靜地看著他，雖然什麼話也沒說，卻知道他一直都在，他的呼吸、體溫，不斷說明他從沒離開過。

——先逃跑的是我啊。

我的心臟跳得飛快，我吞了吞口水，默默地舉起手，「……嗨？」

等了一會兒，這傢伙突然又像沒事般倒頭大睡。

天啊！嚇死我了！

幸好薛赫酒品算好，不吵不鬧只睡覺。「你、你家快到了，要睡躺在床上再睡好嗎？」

我使勁想扳開像八爪章魚黏著我的他，卻只是徒勞，他軟趴趴地癱在我身上，只要我一掙扎就會被他抱得更緊。

好不容易電梯來了，我們只能像連體嬰一樣，橫向艱難地走進電梯。按下樓層，我早已放棄掙脫他的禁錮，任由他緊擁著。

電梯裡的鏡子中，我們彷彿一對如膠似漆的情侶……如果我的臉不要露出想掐死他的表情的話。

再度慶幸這時間不太會有人進出，才這麼想著，樓層到了，電梯門一打開，外頭正站著一位面容嚴肅的……巡樓警衛。

「呃。」

我見他正經八百的臉微微抽動，握著警棍的力道加大，我除了乾笑陪笑一直笑以外，實在想不出大半夜兩個摟摟抱抱、衣衫不整的人應該怎麼做才不奇怪。

我拖著薛赫哦呵呵地從他身邊經過。「辛苦了。」

他用狐疑的眼神打量了我一遍。「小姐，我好像沒見過妳。」粗獷的嗓音配上重重的鼻息，讓他整個人無違和地像隻大金剛。

「呃我、我……」大金剛銳利的眼神狠掃過來，我吞了吞口水，如果我承認，很怕他會從窗口把我丟出去。

「請問妳是薛先生的什麼人？」大金剛拿起警棍敲著手掌，朝我逼近，估計是把我當作騙財騙色的那種女人。

「我、我是那個那個……」我轉動著腦子，「他、他妹妹！」我指了指睡趴在我身上的薛赫。

……連我自己都覺得超沒說服力。

「據我所知，薛先生沒有兄弟姊妹，他是獨生子。」

現在警衛的管理範圍都這麼廣嗎？

「唔我剛有說我是他妹妹嗎……」我硬拗，「我是說……我是他、他女朋友啦！對！女朋友！」

心裡補充：是前女友。

大金剛愣了一下，眼神滿是不信任。

見他想逼問下去，我裝模做樣地抱住薛赫的手臂，特溫柔、特賢淑。「親愛的我們到家囉，換完衣服再睡。」我差點沒咬掉自己的舌頭。

我回頭看一眼大金剛，刻意更加靠近薛赫，用眼神威嚇警衛趕快走！大金剛面色泛紅地快步離開，確認他沒有偷看後，我鬆了一口氣，按了門鈴。許久，見沒人應門，我從薛赫的西裝外套摸出鑰匙。

喀——

按下牆上的開關，室內一片明亮，本來想把他丟在沙發自個兒走人，但我那氾濫的雞婆個性，最後還是決定將他送上床。

我站在兩間房間的門前，憑直覺選了右邊那間。我死命要將他拖上床，卻一個重心不穩連我自己也被他壓在床鋪上，姿勢頗曖昧。

我奮力推開他的胸膛，薛赫卻像座屹立不搖的五指山死死地壓在我身上，置於我身側的雙手漸漸縮緊。

下一秒，我紮紮實實地落入他的懷裡，動彈不得。

室內漆黑一片，靜得只聽得見兩人的呼吸聲，還有我胸口的心跳聲。

太近了……

他似乎是睡得不安穩微微挪動了姿勢，柔軟飽滿的唇摩挲過我的頸肩，我差點要停止呼吸。

這傢伙……！

「呀……薛赫！」我喊，但因為整張臉都埋在他的胸口，原本鏗鏘有力的吼聲細如蚊蚋。

真是要瘋了我！

那小子像是終於找到了舒服的位置，將下巴抵在我的頭頂上，轉而攬住我的肩膀。

「薛赫你找死是不是……」

我嘗試對他拳打腳踢，但他的身體就像有意識一般，我一出手他就按住我的手，我踢他，他就用腳死扣住我的腳。

這叫身體天生反射神經太好還是……等等！有意識？

「你根本就沒醉對不對？」

見他不回答，我更生氣了。「你不要裝死！給我起來！」

「喂！你聽到沒！起來！」

「好吵。」

「……」

「很累，快點睡。」大掌放在我的後腦杓，他將我抱緊在他懷裡，語氣像是在哄氣炸毛的小狗一樣，溫柔、低沉。

到底有沒有聽懂我說的話啊！

一滴兩滴……鮮血逐漸染紅他潔白的襯衫，如同湧泉般不斷溢出，無論我怎麼掩蓋，換來的卻是我顫抖不停的雙手。空氣中漂浮著沉重的鐵鏽味，和我嘴裡嚐到的鹹混雜在一起。

儘管我哭喊著不要、用力尖叫，卻沒有人願意停下腳步，我看著他躺在一片血泊之中，唇角是他平時最常對我勾起的十五度角笑容。

這些畫面卻逐漸剝落，他的身體一點一滴被黑暗侵蝕。

我猛然睜開眼，怎麼會做這種夢，我疲憊地將手覆蓋在額頭上，打算再睡一下。

叮咚！叮咚！

外頭忽然傳來奪命連環電鈴聲，吵得我不禁皺了皺眉。怎麼沒人開門？

實在受不了了，我半瞇著眼帶著濃濃睡意打算起身，卻感覺肩膀兩側被一股力道牽制住。

睡意奪去了我的思考能力，因此我不疑有他，推開身旁溫暖的「抱枕」，它不但沒被我推開，反而輕輕一個施力，將我輕摟在它的懷裡，一股平穩微熱的氣息落在我的眼睫上方。

我的睡意瞬間退散，眼睛逐漸適應早晨的光線，門鈴不知道什麼時候停了。

大腦漸漸開始運轉，記憶一點一滴回來，剛剛所有理所當然的事全都不合理了！

我霍地睜大眼，想賴床的心情全沒了。

我居然睡著了，我居然和薛赫睡在同一張床，要瘋了要瘋了要瘋了，學姊知道了會怎麼想？

我試著偷偷抽身，卻怎麼也掙脫不開。「醒了就放開我！」我掙扎道。

「再睡一下。」

居然這麼厚顏無恥。

「先放手，我去開門。」

「不要管他。」

這傢伙怎麼變得這麼任性？

好吧，既然主人說不理，咱們就不理，繼續睡吧。我準備閉上眼，忽然想想，不對啊，我們兩個現在這樣抱在一起是正常的嗎？

我掙扎了一下，見他還是死不鬆手，我真的愈來愈搞不懂他。

「欸。」

「嗯？」帶著早晨慵懶的聲音，他的語調輕輕上揚，特別誘人。

「我們真的不考慮一下當個朋友或什麼的嗎？這樣真的很奇怪。」

環抱我的手倏地緊了幾分。他似乎又不高興了。

「以前還是朋友的時候相處得很好啊，我不想因為分手……弄得彼此關係都不好。」

至於過程怎麼樣都無所謂了，我只想快點解決這件事，不想讓它一直成為我心中難以剔除的刺。

「不要。」

「到底是為什麼！」我轉過頭，憤憤地瞪著他緊閉雙眸的俊容。「好，我願意為了我隨便離開的事向你道歉。」

他沉吟了下，毫不知恥。「嗯，妳是該道歉。」

我默默掄起拳頭。

沒關係，反正面子對我來說不值錢，但對心高氣傲的他，確實比鑽石還昂貴，我可以退一步。

「好，我們就此扯平，也別再為了這件事雙方都不愉快。」我做出總結，打算起身回家。

他仍舊將我箝制在床上，說明他還是不滿意。

「吼！你到底想怎樣？」

霍地，他張開深邃漆黑的眼眸，來不及反應之下我們四目相接。

「想怎樣？」他重複。

我吞了吞口水，幹麼突然認真起來？

「不做朋友。」

這是哪門子的答案。「好啊，我也不稀罕，讓開！我要回家了！」

起身的同時，他眼明手快地將我壓回床上。「怎麼，妳很在意？」

他笑得戲謔，彷彿抓到我的小把柄那般邪惡欠揍。「我、我幹麼要在意？這樣我還清靜些。」

「哦？那妳為什麼三番兩次提起這件事，上次在婚禮時也是。」

「你才奇怪！明明可以不用形同陌路的。」

「妳沒回答我的問題。」

瞪了他一眼，我試圖掙脫他的束縛。「放開！」

「妳很在意。」

「我、沒、有！」

「這裡是床。」

「所以呢？」手不能動，我只好踢他。

倏地，他一個旋身，雙掌壓在我的身側，男上女下，輕輕鬆鬆。「隨時可以這樣。」

瞧！笑得何等妖孽啊這個人。

當我還在思考如何將他踹開時，房門被打開了。

心臟猛然縮緊，腦海想的都是我會被砸雞蛋、丟青菜，從此貫上小三的汙名。

「渾小子！沒聽過奶奶還要親自來迎接孫子的道理！」對方來勢洶洶。

「啊喲！」對方驚叫一聲，似乎是看到我們現在的姿勢……有多不宜。「是奶奶不好……我走我走！」

「不對呀……奶奶……」

「早點生個曾孫給我抱抱啊。」

「喂不……」

「生男生女都好，奶奶都喜歡！」

「我們沒……」

「乖孫子，這不會又是你拿來代打的女朋友吧？」對方想了想，停住了欲轉身的腳步。

「不是。」

「好，那就好！上次那個女人脂粉味太重，年紀又比你大，奶奶失眠了一晚才釋懷，老人家還是喜歡清淡一點的。」

「奶奶你也知道我的眼光一向不好。」

……看著我是什麼意思？

「奶奶只是沒想到會這麼差。」

「但是奶奶……」

「怎麼了？別說你讓人家未婚懷孕，奶奶連招呼都還沒打，到時合不來我就去雲遊四海不回家，我可是認真的！」

「現在的情況比讓她未婚懷孕還糟糕。」

「渾小子你該不會想納三妻四妾？」對方一個激動差點拆了門板。

「她還不是我的女朋友。」

逆著早晨的陽光，他說。

第八章　背對背擁抱

「小姐，我這老不死的別無所求，只想在去另一個世界前還能見到自己的孫子結婚。」要不是薛赫將我的手壓在床的兩側，我此刻真想拿棉被蒙住自己的臉。

我使盡推開薛赫，跳了起來，瞪大眼看著眼前假裝拭淚，但分明笑得很開心的老人家。「奶奶是我……」

「小、小傢伙！你、你們兩個……」她指著我，又看了一眼坐在床沿的薛赫，久久說不出話來。

「等等！奶奶，您先聽我說啊，我跟薛赫真的不是那種關係……」

「所以是床伴？」

「什、什麼！不是！絕對不是啊奶奶！我們什麼都沒做，就只是一起躺在床上……哦我到底在講什麼……」我焦躁地抓了抓頭，怒瞥一眼絲毫不想表態的薛赫。

「別說了！妳是那個當初傷害我孫子那麼深的壞女人，我還把妳當做自己的孫女在疼……哎！」

釋放求救電波給一旁的薛赫，想讓他說點什麼緩和奶奶激動的情緒，熟料那傢伙居然感同身受地上前拍著奶奶顫抖的雙肩，一副我懂妳、妳懂我的樣子。

簡直氣死我了！

「奶奶，您怎麼又這麼說！當初我和薛赫是和平分手的，這點您可以問他。」

薛赫沉著臉，不作聲。

「我們剛剛不是達成共識了嗎？」我看向他，「難道你到現在還是認為，是我一聲不吭地丟下你就離開嗎？」

薛赫勾起淺淡的十五度角笑容，點了點頭，緊接著就看見奶奶扶額一臉虛弱地挨在沙發那頭。

「喂！你這傢伙不要亂說話啊！」我氣呼呼地朝他走去。

「妳前幾年把我孫子逼得如此落魄還不夠嗎？現在還想對他做什麼？」奶奶張手護著自家孫子。看！薛赫那臭小子在後頭笑得多陰險，這是計謀啊奶奶！「不是，奶奶我……事情真的不是這樣。」

「別說了！我最寶貝的孫子因為妳受盡委屈，我們的情分就到這裡，之前所有的事我也不再追究，以後妳也別出現在我面前。」

「奶奶！」

「奶奶。」薛赫這個害人精終於出聲了。在我感動他終於佛心來著，恢復點人性時，「這麼輕易就放過她？」

嘶！我的頭又更痛了。

回到家後，簡單沖個澡，從浴室走出來就接到安恬兒的電話。

「喂？」我用著毛巾擦拭濕漉漉的頭髮。

話筒傳來安恬兒的唉唉叫，嚷著因為她老公大驚小怪的原因，她躺了一天的床都快無聊死了。「李穢央那個三八女人不知道跑去哪了？」

這兩個人愛吵嘴，卻又時刻掛念著對方。

「啊！妳一定不知道我前幾天在醫院裡遇到誰。」安恬兒忽然大叫，耳邊清楚傳來床架的嘎吱聲，可見她多麼用力起身。

「誰？」

按下擴音鍵，我從衣櫃翻出居家服，卻發現一件百合色後背露出一大片肌膚的性感禮服，那是蕙央送給我的二十五歲生日禮物，說是用來誘惑薛赫剛剛好……

「喂！妳有沒在聽？」

「有、有啦！」我連忙咳了幾聲，「妳繼續講，我在聽。」

「就是邱梓瑩啊！我昨天回醫院複診，看到她一個人在醫院。」

安恬兒像是話匣子被啟動，劈哩啪啦說了一大串。「她看起來很憔悴，不知道發生什麼事。」

「她為什麼去醫院？」

「誰知道！一定又在裝模作樣了！」安恬兒哼幾聲，「嘖，前幾天才決定懷孕要少造一點口業……」

我在心裡默想，一天不損人就渾身不對勁的人，居然要改邪歸正，下輩子吧。

「是說妳到底在搞什麼，我從李穖央那聽說妳和薛赫到現在還沒分乾淨。」

我沒說話。

「我是不知道為什麼他會和邱梓瑩住在一起，但白痴都看得出來薛赫還喜歡妳吧。」

薛赫和學姊之間有太多一時之間說不清的牽扯，我不確定薛赫是用什麼樣的心情看待學姊，或許有點喜歡，或許沒有愛，我不想求證也不想知道。

「就算你們分手，但沒人說不可以重新開始，我和我老公也是每天吵架啊，到現在我們還不是結婚而且還有了小 baby。」

這女的是想藉機炫耀自己有多幸福吧，還不都該歸功給她老公是標準的願挨人士。

「我真的可以和他重新……」等等！我再想什麼！

「什麼？」

「沒事。」

安恬兒停頓了一下，「妳這是間接承認什麼對吧？根本就還有感情對吧？」她的高分貝依舊讓我受不了。「什麼嘛，以前還想說妳怎麼這麼無情說放手就放手，害我一度覺得薛赫好可憐，愛上妳這個冷血動物，真是浪費——」

「我要忙了，不說了，掰。」安恬兒自從成了孕婦，八卦程度也跟著升高了。

❖

提了一盒水果站在病房外，也不知道為什麼還是來了，明明見了面也只是無謂的寒暄而已。

叩叩。

「請進。」她說，「今天怎麼這麼早來，公司沒有事要忙……」

我看見她僵在一半的笑臉，我淡淡地說道：「是我。」

梓瑩很快地恢復笑容。「啊……好晴啊，請坐請坐！」

看她欲起身的姿勢，我立刻上前阻止她。「妳躺著就好，我一下就走了。」

沉默半晌，我已經削完兩顆蘋果，切片放進碗裡，找不到事可分心的我，只好抬起頭面對梓瑩。

「薛赫告訴妳的？」

「沒有，是恬兒看見了，因為有點擔心所以過來看看。」

梓瑩沒有接話，眼神迷茫地望著窗外，同時，我才清楚看見她身上多處的傷口與繃帶，臉上也有著青青紫紫的瘀青與疤痕。

「肋骨斷裂引發內出血、小腿骨折。」她直接說出我的疑問，隨後給了我一抹淺笑。「很慘吧？」

「……怎麼會這樣？是妳上次說的那群仇家幹的好事嗎？」她始終帶著恬靜的微笑，眼底的悲傷卻清晰可見。「太過分了！應該要報警抓他們，妳是律師怎麼會不懂得利用法律途徑保護自己？」

我忍不住指責。

梓瑩只是輕笑一聲，目光落在遙遠的某處。「就是因為我比誰都了解，所以知道他會被監禁多久，知道他會受到什麼樣的懲戒……」

「難道妳……不想？」

她笑了。

我們就這樣再度陷入沉默，直到臨走前，我上前拉上窗戶的窗簾，她才收回視線。

「累了就睡一下吧，我先走了。」

「謝謝妳來看我。」

「客氣什麼，妳要是有什麼困難都可以跟我說。」

梓瑩朝我微微一笑，時間久得我都有些不自在了。

「好晴。」

「嗯？哪裡不舒服嗎？」

「我跟薛赫沒有在一起。」

「……嗯？啊？」

「告訴妳並沒有別的用意，我以為只要我不說，薛赫不刻意澄清，我們就可以理所當然地在一起。」

她……在說什麼？

久久才終於找回我的聲音，「這、這不可能啊，為什麼要告訴我這些？」

我像在喃喃自語，又像是在抗議我的猜測不會錯——薛赫是喜歡梓瑩的。如果不是，為何不肯告訴我。

「是我讓他別把我離婚的事說出去，但看來沒有用，流言始終不曾停止。」

「妳寧願讓自己受傷，也不願讓別人幫妳？」

她哀傷的眼神透著無比的倔強。「我的自尊不容許。我不要別人用同情的眼光看我，也不要他們在背後議論我是個多麼失敗的女人。」

「但是妳需要幫忙啊，光靠薛赫根本不夠。那個傷害妳的人是妳的前夫吧？他都這樣對妳了，妳覺得他還有什麼做不出來？」

我不能接受梓瑩固執，卻不顧自己安危的想法。

她勾起冷豔的笑容，「從小到大，我的生日從來不需要許願，我認為只有得不到的東西才需要祈求，而我知道只要我想要，沒有辦不到的事。」

我知道這不是她自大或者目中無人，而是她的實力。

她習慣被崇拜，被讚賞，被人爭相模仿的滋味，因為她是邱梓瑩，她的世界沒有不可能，更沒有——輸。

他和薛赫都是大學有名的傳奇人物之一，一位是被稱為一上任就將學生會帶領至全盛期的會長，另一位是人美心也美的法律系系花。

他們陰錯陽差被主持人拱為開舞人選，敵不過眾人的鼓譟，短短三分鐘的舞曲，閃爍的聚光燈落在他們身上，流暢優雅的舞步旋轉在舞池中央，宛如王子和公主般絕配。

這場舞也就此衍生兩人情投意合、一見鍾情的傳言，但從來沒有人聽到他們公開交往的消息。

「不得不說薛赫的自理能力真的很糟，我剛住進他家的時候，客廳什麼也沒有，臥室也只有一張床而已，連冰箱都沒有，空無一物的地方他居然能面不改色的每日進出。」梓瑩失笑。

老實說我一點也不驚訝薛赫的「簡潔」，他不是嫌麻煩，而是多餘的東西對他來說都是累贅。

「生病也不去看醫生，累了也不懂得休息，常常忘記吃飯，要不是我在他身邊替他打理這一切，他早就累垮了。

「一直以來薛赫在我眼裡是冷漠且高傲，不擅長透露心事卻很注重朋友，我跟他住在一起的這段時間真的受他很多照顧。」

梓瑩帶著笑自顧自地說著，「我常想，只要妳不回來，薛赫不再執著於妳，我們就可以這麼過下去，反正薛赫願意接受我，薛家人也喜歡我，我們很適合。」

梓瑩的聲音依舊柔軟舒服，嘴上也還是掛著笑，但此刻說出來的話卻讓我彷彿不認識她。

「我以為我會和薛赫在一起，我們很契合，工作也很合拍。」她繼續說道，「我們會結婚，預計結婚一年後生孩子，如果可以，希望是一男一女，這樣才不會寂寞。」

梓瑩突地斂下眼睫，「可是我們沒有。」

她抬起小臉，帶著一絲怪罪和愧疚看向我，「我不懂為什麼薛赫非要妳不可，我更討厭的是，妳憑什麼得到他，妳根本就不珍惜他。」

我被她偏激的話語給震懾，我不知道現在是什麼狀況？我以為薛赫很討厭我……

所以我選擇推開他、遠離他，只因我不想再受傷了。那種痛一輩子都忘不掉。

「我一直在想，如果那時候我早點告訴薛赫，我喜歡他，這一切是不是就會不一樣？」

❖

晚上 Chris 約我去他家嚐嚐他新發明的菜色。

「晴妳這樣不行，老是挑食，對身體不好。」

「那種東西不是人類吃的啦！」我辯著。

「真是受不了，到時妳要是因為不吃菜便……」我用叉子刺了一塊紅蘿蔔直接塞進他碎碎唸的嘴裡。

「好歹我也是女孩子欸，還在吃飯時說那種話……」而且便祕這個詞又是誰教他的啦。

嚼了幾口，他勾起玩味的笑容。「我們這樣好像男女朋友哦。」

「噢……燙！」我咬著被熱湯燙口的嘴唇，「不是告訴你中文不要亂用嗎！」

他從口袋拿出手帕，我想接過手，他卻執意替我擦拭沾到湯汁的嘴角。「妳看看妳，沒有我怎麼辦呢？」

「我還是會活得好好的！」

「眼前有這麼好的人怎麼不好好把握？」

「你這是在……毛遂自薦？」

「毛……遂自薦？」

顯然這對他來說是個新的詞彙。

「回家好好練練中文再來。」我咬了一口炸丸子，故意氣他。

他自然不甘被我呼弄，下一秒，拿出手機想查這個成語是什麼意思。「晴妳再說一次，毛……怎麼唸？」

「不——告訴你。」我欠打地拉了長音。

「晴！」

「自己想辦法。」見他悶著張臉，「哎唷，快吃快吃，待會再想。」夾給他我不喜歡的菜，順便藉機調侃他。

「Anyway，晴難道都不曾對我動心？」

「噗——」我錯愕地轉頭看他，再次抹了抹嘴邊的醬料。「你說什麼？你最近又亂看什麼偶像劇了。」

「晴妳不能每次都這樣，遇到不想回答的問題就裝傻。」

薛赫也這麼說過。

「這對我來說很受傷。」

感受到他眼底的落寞，我不由得愧疚。「我不是那個意思，只是你知道我、我……」當下，我找不到合適的詞彙來說明我的感受。

「妳只要告訴我有沒有。」

探進他汪洋般的藍瞳，我下意識地按住自己發悶的胸口。「……有。」面對他我永遠說不了謊。

所以更需要告訴他——事實。

❖

我從 Chris 的車下來時，正巧被站在會場外的薛赫撞見，這是一件多麼尷尬的事，尤其是他正小心翼翼地扶著其他女生下樓梯的偽紳士模樣。

「為什麼這麼慢?」挑眉，他劈頭就問。

我看了一眼手錶，從他打電話到我出現在他指定的地方，也不過十分鐘，我懶得和他爭辯，轉頭向 Chris 道謝要他早點回家休息。

「車鑰匙給我。」

十五分鐘的車程，我從後照鏡中，無數次看他和陌生女子一來一往的互動，吃晚飯時間把人叫出來當免費司機使喚也就算了，畢竟這是我「贖罪」的方式。

——答應在奶奶氣消前都不能違抗他孫子的任何要求。根本就是賣身!

但兩人有必要刻意在我背後談笑、矯情做作，一副有多情投意合的模樣嗎！既然如此那就在一起啊！我是拿著槍抵著你們誰的頭說不准了嗎！

還有，我才沒有吃醋，是因為晚餐沒吃飽血糖過低，所以脾氣暴躁了點。

熄了火，我將鑰匙丟給薛赫，一秒也不想多待。薛赫揚唇，「不留下來喝杯茶再走？」

「不用了，我還有工作。」

「工作？我以為我們合約結束後，你們公司就開始放起無薪假。」彎唇，他的語氣帶著滿滿的嘲諷，讓人不免火氣上湧。

我停下腳步，轉頭與他相視一笑，「就是說啊，我們的工作室比起薛總監的個人辦公室，簡直就是螞蟻窩和金庫，完全不能比。」

薛赫勾起嘴角，點頭毫不謙虛地表示同意。「朋友一場，不如來我們公司吧，先不說薪水，至少作息正常。」

「感謝薛總監厚愛，我想我還是適合待在自由的地方，總監的公司我高攀不起。」我微微揚起下巴。我喜歡我的工作室、夥伴，所以即使每天累得像狗，沒日沒夜地加班，我也甘之如飴。

薛赫又恢復一號表情，要是他生在古代肯定能被貫上一笑傾城的美名，但礙於他是奸商吝嗇得很，所以經常面無表情，可憐了我們這些周遭的人。

我向兩人微微頷首便走出停車場，一到對街我就後悔了，這裡離我家走路至少要一小時以上。

而工作室目前的狀況正如薛赫所說，每況愈下，不自己貼錢就不錯了，所以搭計程車這種奢侈行為我做不來。

「喂？陶淵你人在哪？」飲水思源，當然是找頂頭上司。

話筒裡的他說話含糊，「……唔嗯，還能在哪，晴妹妳知道現在幾時嗎？妳這樣擾人……」

我看了眼手錶上的時針指著九，叫他原始人不是沒道理，我讓他現在馬上出門。「梓瑩她啊……」

聽到關鍵詞，陶淵一改懶洋洋的口吻，「什麼！梓瑩小姐怎麼了嗎？是不是薛赫那傢伙終於露出原形，欺負在下的仙女？可惡，在下就知道薛赫是名副其實的禽獸……」

「總之快點過來，大事不好。」我用平淡的口吻說著，但一遇到梓瑩的事就腦神經衰弱的陶淵當然沒察覺哪裡不對勁，喊著馬上就到，便掛上電話。

我坐在人行道的長椅上晃著腳，隨著入夜氣溫也愈來愈低。「陶淵也真會摸。」搓著手臂，我第三次看了眼手錶嘀咕道。

實在等得太無聊了，我起身胡亂走著，不知不覺居然走到了學校後門，這個時間點操場裡聚集著幾對談情說愛的情侶。

我一個人環著手臂繞著操場最外圍的跑道，時而望著星空，時而低頭踢著石子，一圈又一圈沒完沒了地繞著。陶淵還是沒來。

「小心！」

碰——

「噢！」突來的衝擊讓我跌坐在地，「……痛。」

「對不起！妳沒事吧？剛和朋友玩得太起勁一時沒注意。」對方將我扶起，「有沒有哪裡受傷？」

我拍拍屁股搖頭。「沒事、沒事。」

當我抬起頭發現眼前的男孩仍盯著我看，「姊姊？姊姊是妳對吧！我是維安。」

我頓了下，瞪大眼。「維安！我的天啊！」我上下打量他一番，伸出手比劃著他的身高。「你變得不一樣了，長高也更帥了。」

「姊姊才是呢，跟學長在一起果然變得很幸福，氣質都不一樣了。」

「哎呀，別說了，我都不好意思了！」後來維安請他的朋友先回去，轉而和我在操場上並肩散步。

「我都忘了你也考上這所大學。時間過得真快，轉眼你也要畢業了吧。」

維安感嘆道：「結果還是一個人。」

「女朋友……啊不是，沒有遇到喜歡的人嗎？」

「我的心都在學長那了啊，不如姊姊把學長讓給我吧。」維安玩笑道。

現在要跟維安解釋我和薛赫的關係，肯定不是三言兩語就能說得完的，而且我此刻真的沒心情翻那些舊事。

就將錯就錯吧。

「讓什麼呢！死也不讓，也不想想姊姊我當初是吃盡多少苦頭，才從各系美女競爭中存活下來的。」

「姊姊又不是美女。」他說得極小聲，但還是被我聽到了。

「可惡！」

他調皮地閃躲我的攻擊，「姊姊真的很幸運，雖然大家都說是妳倒追學長，死纏爛打、一哭二鬧，學長受不了才勉為其難接受妳。」

原來大家私底下都把我講成是神經有毛病的女人啊……不過大家怎麼都沒想過，接受這樣的我，薛赫難道不算是個變態？

「不過在我看來，是學長比較喜歡姊姊。」

「你從哪裡看出來的？」

「只有姊姊看不出來吧。」維安笑嘻嘻地說。「畢竟姊姊一直很遲鈍啊，全世界大概只有學長願意無怨無悔地替妳收拾爛攤子。」

「喂喂！你這小子長大了，連翅膀都硬了啊！」我追著他跑，「也不想想我請你吃過多少頓午餐，薛赫在我們的友情之中不過就是個路人甲，你居然吃裡扒外！」

「姊姊話不能這麼說啊，妳也知道我仰慕學長多年，他放的屁我也會說是香的。」

「真是走火入魔。」

「妳那麼嫌棄就別霸占著學長，分享給我嘛。」

「我告訴你，薛赫從頭到腳都是我的，我連他一根頭髮都不會跟你分享。」

嘴裡雖然這麼說，但一想到這陣子我的生活充滿慌亂與不知所措，還不都是因為那個混蛋男人。

突然一旁的維安用手肘頂了我一下，才迫使我回過神來。「姊姊快過去啊，學長叫妳呢，愣著幹麼？」

「叫誰？我、我嗎？」

「不然是我嗎？」維安一臉好笑，「雖然我也很想飛撲過去。穿白襯衫的學長好迷人，妳看那結實壯碩的手臂線條，哦哦！還有那修長的腿，幾年不見……」

「好了好了，我知道。」我受不了地打斷他的話，「我先走了，改天再約吃飯哦。」

我給了他我的新手機號碼，維安朝我眨了眨眼，「學長好像不太高興，我先走啦，姊姊自己保重。」

「臭小子！」

維安離開後，對我來說才是入地獄的開始。

雖然他距離我並不遠，但我走向他的每一步都異常沉重，最終他受不了了只好自己走過來。

「腳受傷了嗎？」

原以為會遭受言語霸凌的我，聽到的卻是他充滿擔心的口吻，他檢查完我的雙腳，確定沒事後，緊繃的臉才稍稍放鬆下來。

他環顧四周，「妳跑來這裡做什麼？」

「我在等……對！陶淵人呢？」我拿出手機發現自己將來電提示切換成靜音模式，還有好幾通包括陶淵、梓瑩和……薛赫的未接來電。

「我讓他先回去了。」

陶淵誤以為我和梓瑩發生大事，但是趕到現場卻找不到我們，所以他打電話給梓瑩，搞不清楚狀況的梓瑩也跟著緊張，所以十幾分鐘前大家，包括薛赫，一群人兵荒馬亂地在找身為「肇事者」的我。

薛赫撥了通電話和梓瑩報平安，隨後抿唇看了我一眼。「我送妳回去。」

把局面搞成這樣，我知道此刻我沒資格說不，只能默默地跟在他身後。

記得在大學時期，我們總是喜歡在操場牽手散步，因為他忙、沒有時間，儘管卸下會長身分，也總有別的事需要他操心。

那時候的我對未來沒什麼目標，光是要維持好功課對我來說就是件費心費力的事。

但薛赫並不是，他有太多選擇，如果是他的話，我想什麼事都難不倒他吧。

——那是我第一次有那種或許我配不上他的想法。

「剛剛那個人是誰？」

想著別的事的我，自然反應慢半拍，但薛赫似乎認為我這是心虛的表現。

「所以說出從頭到腳都是我的那種話，究竟是想刺激他還是我，嗯？」他語氣低沉而曖昧，卻不回頭也不多做停留，彷彿一切在他眼裡像極了笑話。

「你不知道他是誰？」沒想到將錯就錯說出來的一席話，卻被當事人聽見了，實在很糗！

「我應該要知道嗎？」他突然停下腳步，轉身用著高深莫測的眼神看向我。

我聳肩，「我以為你記得。」

「那也只是妳以為，想到什麼就做什麼，從沒想過被留下的人該是什麼感受。」幹麼又為了一點小事發脾氣，又牽扯到以前的事，真是莫名其妙。「他是維安，黃維安，就是我大學打工時很常來那家餐廳的男生。」

薛赫皺眉，顯然不太有印象。

我追上他的腳步。「就是之前說喜歡你的那個高中生啊，自從公開表白後，整天問我你在哪、現在在做什麼、吃飯了沒，一大堆關於你的問題。」

他似乎想起了些什麼，「難怪那陣子妳對我特別好奇。」

「有什麼辦法，我不幫他，他就說我不講義氣，說什麼之前說要幫他都是騙人的，考試考差也說是我不幫他才讓他失常，還差點在我面前哭欸，我能不幫他嗎……」

薛赫冷笑，「活該。」

我忿忿不平道：「你這麼說就不對了。」他挑眉，等著聽我接下去要說什麼。

「還不都怪你，動不動就在外頭惹一堆花草回來，這也就算了，為什麼偏偏都要找我麻煩，我是你的誰啊？搞得我裡外不是人，你倒撇得很乾淨，繼續當你的偽善會長！」

一口氣罵完這些積了好幾年的怨氣，回過神來卻發現他嘴角不知何時噙著一抹很淺的笑容。

我愣了愣，「你幹麼……不說話？」

忽然一群穿著校隊運動服，汗水淋漓、肌肉結實的隊伍整齊地跑過。「一二、一二！」

薛赫拉著我的手退到一旁的草地。

「走了，還看！」薛赫一掌拍上我的額頭。

「以前學校有籃球校隊嗎？」

「妳到底是怎麼度過大學生活的？」薛赫沒好氣地問。

「因為以前都追著你跑啊，哪有時間注意其他事情。」話才說完我就後悔了，果然一抬眼就看見他嘴角加深的笑意。「我的意思是說，你三不五時就使喚我跑腿，我根本沒空做自己的事！」

帥哥都少看好幾個了……

「副會長還看不夠？」

睨了他一眼，「真幽默。」

❖

我懸浮在一片暗得密不透風的空間裡漸漸呼吸不到空氣，窒息感忽然湧上，登時，我看見一道光，我用盡最後一絲力氣，朝光源伸出手。

然後，我感覺我的手被誰拉住，一股溫暖的熱流，使得周圍的黑暗全散開來了。

我看著他，眼前的男人擁有全世界最好看的笑容，我記得這個笑，陽光都不及於他。

我來不及回他一笑，我便感覺他逐漸成了光點。我慌張得想抓牢他，而他不說話，始終笑著，直至消失。

「不！拜託不要！……薛赫！」喘著大氣，我瞪著天花板，適應灑進落地窗的陽光。「呼……是夢。」抹了抹額頭上的汗，我喘了一口氣才又闔上眼。難得休假我一定要什麼都不做，躺在床上一整天。好不容易等到濃濃的睡意襲來。

鈴——

床頭手機響起，又迫使我張開眼，我將棉被往頭頂一蓋決定忽略它。鈴聲停止了，終於可以放心繼續睡回籠覺。

鈴——

我氣呼呼地按下通話鍵，「吼！誰啦？你最好是有什麼天塌的大事，否則你就死定了……」

「不接我電話的妳才真的死定了。」對方冷冷的聲音從話筒傳來，威脅人的功力堪比魔王等級。

「……今天假日耶，而且我又不是你的員工。」陶淵都沒你這麼煩。當然這句我只敢在心底嘀咕。

「現在來我家。」

「幹麼?」

「十五分鐘後我要看到妳。」

「喂!去你家開車至少也要半小時啊!喂!喂!」我瞪著手機,「薛赫你這渾小子真的是找死……」

「我可是還沒掛電話。」

「呃……我要出門了,出門了。」嗚嗚,真想哭啊。

真後悔我怎麼就把自己賣給了金錢至上,以壓榨員工為快樂的資本主義家。

叮咚——

正在等門開時,又遇到上次那位大金剛巡樓警衛,他神情嚴肅地看了我一眼。「小姐又來找男朋友?」

什麼「又」,也才最近比較常被使喚過來做飯打掃買宵夜啊!

「呵呵,對啊。」

「小姐,既然妳是他女友,那妳是否知道薛先生家裡還住著其他女性?」

哇啊!想不到凶神惡煞的大金剛居然跟菜市場阿婆的八卦程度有得比。

「真的嗎?我沒聽他提過。」

大金剛一聽,興致高昂地繼續說道:「小姐居然不知道,薛先生平時看起來文質彬彬,沒想到卻犯了全天下男人都會犯的錯。」

人帥也是會遭人妒忌的,要不就是薛赫平時做人太失敗,連警衛都看他不順眼。

我咳了幾聲，假裝緊張兮兮地跟著壓低嗓音，「難不成……他、他劈腿？」

「小姐果然擁有女人的直覺，薛先生一年前搬來這沒多久，就帶了一個女人回來，所以之前小姐送薛先生回來我才覺得奇怪。」

「是哦，可能是他媽媽吧。」我逗他，但心裡知道他說的是誰。

大金剛急忙搖頭，「不不不！是一位年輕貌美的女人，大概跟小姐妳差不多年紀，據說還是律師。」

「這配對感覺不錯。」

「小姐！妳怎麼未戰先退，怎麼樣大老婆的氣勢都不能輸啊！」

怎麼愈說愈誇張……「我只是他女朋友而已，以後也未必會嫁給他。」

「但薛先生總不能跟一個離過婚的女人結婚啊，」大金剛左顧右盼了下，向我耳旁靠近，「何況還是跟前夫糾纏不清的女人。」

「前夫？」

「我好幾次都見到她和一個酒醉的男人拉拉扯扯，男人只要拿不到錢就會打她，甚至口出惡言說要殺她。」

腦海忽然閃過前陣子半夜在路上看見梓瑩被人追打的畫面，她並不是會讓自己吃悶虧的人，處理方式向來快、狠、準的她，自大學以來就有「女強人」的稱號。

現在回想起來有太多不合理。

「這些事你都是從哪聽說的？」

「都是我在巡邏時看見的，已經好幾回了，尤其是薛先生出差不在的時候，前夫幾乎天天來找麻煩。」

梓瑩在醫院的傷……果然是前夫造成的，而她處處袒護前夫的行為，究竟是為了自己的自尊心，還是對他仍存有感情？

我沉浸在自己的思緒中，抬眼發現大金剛還在，「沒關係，我不在意。」我笑笑回他，想趕緊結束話題。

「小姐難道不在乎男朋友有小三，而且還搬進家裡來。」

「沒什麼啊，同居有什麼大不了的，現在很多人都這樣啊。」

大金剛倒抽一口氣，「沒想到小姐的思想這麼開放。」

「還好啦。」我擺擺手。不過薛赫那傢伙是不是要我啊，叫我來卻不打算替我開門？

大金剛同情地看了我一眼，「為愛委曲求全，小姐辛苦妳了！……其實認真說起來我也不錯，不妨考慮看看。」

同時，薛赫頂著亂翹的頭髮，穿著一套灰色居家服出來開門。「我不是給妳我家鑰匙了。」

他見我錯愕地張大嘴，還有大金剛尷尬的面容，狐疑地向大金剛點頭打招呼，說聲不好意思後就將我拖進門。

「你剛和警衛在聊些什麼？他都臉紅了。」

「就……隨便聊幾句。」我趕緊轉移話題，「你叫我來幹麼？」我環顧一下四周，感覺好像少了很多東西。

「要去選購家具。」

「你要搬家？」我忽然想起一件事，「你為什麼搬來這裡？」

這裡是我大學時期的租屋處。第一次進來薛赫家時，我簡直被眼前的景象給怔住，一切都沒有變，無論是擺設、牆壁顏色，全和我住在這裡時一模一樣。

我記得我搬走前，明明還原成阿姨當初交給我的時候一樣，當時還找了蕙央和安恬兒一起幫忙將牆壁粉刷回白色，為此她們可是怨恨了我好幾天。

他看了我一眼，「習慣了。」

「這裡離你公司很遠，這樣真的方便嗎？」

「別問那麼多，幫我準備早餐，我去洗個澡。」

「嗤，真愛使喚人……」我朝著他的背影嘀咕幾句。

「小聲點，我都聽到了。」

「……」

我們開車到家具行，推了外頭的購物車進去。假日的人潮特別多，我們先往人少的區域逛去。

「窗簾妳喜歡哪一種顏色？」

「我沒有要買。」

「當作參考，哪一種？」

「那……我覺得這種螢光粉還不錯欸！你看這種閃亮的粉紅，還有亮片點綴，放在房間裡多賞心悅目。」

只見他的嘴角微不可察地抽了抽，臉色陰霾。我極力憋著笑，「是你要問我的啊。」

「妳喜歡就好。」

我見他一個大男人站在粉紅色窗簾前，故作鎮定地摸了摸窗簾的質感，查看尺寸……

噗哧——

我終於忍不住了。

「哈哈哈！喂，我開玩笑的啦，那顏色超噁心的，又不是裝潢芭比的房間，趕快走啦。」

薛赫瞪了我一眼，但站在他身旁的服務人員臉比他更臭，我看著她腳上的螢光粉長襪，突然懂了什麼，拉著薛赫就快跑。

「米黃色怎麼樣？」手肘靠在推車手把上，他抵著下巴看了一眼。「依照前房客的中肯建議，你家太死氣沉沉，要來一點陽光。」我撥弄著窗簾玩笑道。

「嗯。」

沒想到他竟然同意了，於是我興高采烈地拿去結帳。

「迪士尼的盤子好可愛哦，要不要買一個？」

「不要。」

「放回去。」

「還是櫻桃小丸子？」

「蠟筆小新呢？露屁屁外星人。」他瞟了我一眼，「……哦，好啦。」

逛完家具，我們順道去了趟超市採買今天晚餐的食材，「你晚上想吃什麼？」看著琳瑯滿目的肉類區，我問了身後的男人。

等了許久，見沒人答聲，我轉頭看去，發現他站在蔬果區，而且還是一座堆疊如山的紅蘿蔔前，似乎盤算著要煮「紅蘿蔔炒蛋」！

我驚愕地推著購物車飛奔向他，「薛赫、薛赫！」我喊得急，他一臉莫名地看了過來，皺起好看的眉。

「我剛瞄見那邊有好多新鮮的魚，快過去看看。」我一把勾起他的手臂，要把他帶離這可怕的橘紅色地雷區。

「好，等等過去，但我們是不是該買……」他伸手想拿起「危險物品」，我不禁大叫一聲，薛赫頓了頓，「怎麼了？」

「魚、魚快被搶完了！」

他擰眉，「妳什麼時候這麼喜歡吃魚？」

「我一直很喜歡啊。」我衝著他傻笑。「走了走了。」邊推著他，強迫他往另一個方向前進。

「妳以前不是討厭魚腥味？」

「後來就不會了，因為 Chris 都會處理得很好，連魚刺都不用挑哦。」我喜孜孜地說道，「改天帶你去吃一頓他做的菜就知道了，真的是大廚等級的喔。」

我豎起大拇指稱讚道。

「不必了。」

「他就住你隔壁棟而已，真的不用客氣啦。」我豪邁地拍上他的肩，「他前幾天做了一道清蒸魚……喂！你幹麼突然走那麼快？」

「我不吃魚。」

「你以前不挑食啊。」

「怎麼，妳可以變，我就不能變？」他斜了我一眼。

「……哦，可以。」

誰說女人善變，那他肯定不認識薛赫。

回到公寓已經是晚飯時間，依照薛赫愛使喚人的個性，我當然要做完晚餐才能離開，至於他大少爺當然舒服地在剛買來的沙發上翹腳看電視。

換上新買的窗簾、餐具和一些裝潢，我滿意地環顧了下四周，他家瞬間從冰庫升級為有溫度的「家」。

「不要笑得那麼噁心。」他的聲音忽然出現在我身側，同時間一雙筷子探出來夾菜。

「喂！誰說你可以偷吃的。」我拍掉他的手。

「本來就是要做給我吃的。」露出惡質的笑容，他也夾起一塊肉塞進我嘴裡。

我懶得阻止他了，我告訴他家裡沒鹽了，所以最後一道菜可能有點清淡。他吃了一口，眉頭微微皺了一下。「倒掉。」

「只是沒加鹽而已，沒那麼難吃吧？」

「我不喜歡。」

「前陣子生病的人還是吃清淡一點。」

他看了我一眼，「妳記得？」

我忙著將熱騰騰的菜端上桌，「當然啊，拜託你照顧好自己好嗎，不要總是讓人擔心。」

語畢，我下意識看向雙手插放口袋站在流理台邊的他，才發現自己又不自覺地嘮叨了。

我困窘，「如果你還是很想加鹽，我去向 Chris 借，他那裡一定有。」

眼眸含笑的他立刻變臉，邁步向前阻止我的動作，下一秒我就被困在餐桌和他的手臂之間。「不需要。」

我被他突如其來的大動作嚇住，「可是你剛剛不是還很介意菜不夠鹹嗎，反正是我去借啊。」

我知道他向來不喜歡當伸手的一方。

「我去買。」

「現在？」

他快速穿上外套，抓起桌上的鑰匙。「不要亂跑，在家等我。」

黏稠的鮮紅色液體沿著鋒利的刀子而下，我看不清那個人的面孔，但耳邊傳來的腳步聲卻愈來愈近。

我拚了命的往前跑，但那個人卻輕而易舉地就追上了我，倏地，他抓起我的手臂，高舉起手上的刀子，尖銳的刀鋒在夜光下閃著嗜血的光芒……

我驚醒，「做噩夢？」耳旁傳來薛赫的聲音，我轉過頭看著他將冰袋從我額頭上取下。「怎麼會有人連自己發燒了都不知道。」

「我記得你叫我等你……」於是我就在客廳轉著電視等他回來，結果也不知怎麼了，覺得全身無力，愈來愈累，索性關掉電視躺在沙發上休息，之後就……想不起來了。

「我回來看妳躺在那裡，就覺得不對勁。我煮了稀飯，妳吃一點再睡。」

我搖頭，「我吃不下。」他挑眉，黑眸一瞬不瞬地望著我，被他盯著不自在，只好在他的監督下勉強吃了幾口。

他遞給我一包退燒藥，「把藥吃了，如果燒還是不退，我們再去看醫生。」

吃完藥後，我突然想起，「你晚餐吃了嗎？」

「吃了，所以別擔心，睡吧。」他無奈地回應，替我蓋上棉被。「有什麼事再叫我。」

我應了聲，迷迷糊糊中我又想起一件事：「……我睡這……梓瑩睡哪……」

他的語氣帶著一絲寵溺，也或許是我燒昏了頭。「她搬走了，從今以後，這裡除了妳不會有別人了。」

「是嗎……那就好……」因為藥效的緣故我很快就入睡了。

在夢裡，我依稀聽見有人對我說話，他的聲音沉穩柔和，像是大雨過後的潺潺流水聲，很舒服很迷人。

那個人對我說：「原來總是活蹦亂跳的妳，有時也脆弱得令我無法想像，彷彿一轉眼就會消失不見。」

對方深深嘆了一口氣。

怎樣？我是沒救了嗎……

「我愛妳，這麼簡單的中文都無法理解，虧妳還是中文系。」

凌晨，一聲響徹雲霄的打雷聲將我從睡夢中驚醒。窗外灰濛濛一片，天空像是打翻了水桶，嘩啦一聲下起了傾盆大雨，鬼魅般的風聲敲打著窗戶，我整個人不禁縮進棉被裡。

天空中閃過一道白光，不出幾秒，轟——

我嚇得趕緊伸出手按下床頭的電燈開關，希望明亮的燈光能趨走內心的恐懼，但顯然事與願違。

我半坐在床上抱著棉被，打算就這樣撐到雨停再睡，但我真的好睏，眼皮不聽使喚地頻頻闔上，更慘的是，只要一閉上眼雷聲就很湊巧地轟隆作響。

於是我就這麼不斷地昏睡、驚醒，搞得我都快精神分裂，還是無法安穩睡著。

不得已，我抱著枕頭，晃著暈呼呼的腦袋，不想去打擾父母休息，只好去隔壁房跟大哥擠一張床了，即便明天會發生父子內鬨什麼的我也不管了，睡覺皇帝大！

我搖頭晃腦地步出房門，未開燈的屋裡只剩窗外透進的微弱光線。

叩叩——

不出幾秒，門旋即打開。

他穿著一條棉褲裸著上半身，我迷濛地盯著他清楚分明的肌肉線條，看不出大哥一枚斯文書生樣居然有在健身，這麼冷的天氣還裸睡，不愧是條硬漢。

「怎麼了？」他的聲音帶著剛睡醒的慵懶魅惑。

「外面打雷很可怕，我想跟你一起睡。」

大哥沒說話，我想他內心一定開始上演些亂七八糟的歡樂小劇場，還有明早要怎麼跟老爸炫耀我們兄妹一起睡的事。不等他反應，我直接掠過他撲上床，很自動地拉起棉被鑽了進去。

「燒退了嗎？」他問，在我還沒來得及反應時，他傾身將額頭貼向我的，沉默了一下又說道，「還有點燙，快睡吧。」

我開心地應了聲，暖氣呼呼地將室溫提高到最宜人的溫度，感受到他也在床的另一側躺下，而我的眼睛也適應了黑暗之後，我調整了個最舒服的姿勢，側身與大哥面對面。

我感覺大哥今天的鼻子似乎挺了點，眼睛也好看了些，雖然大哥平時就不怎麼開玩笑，但此刻卻多了些漠然和傲氣。

室內一片寂靜，睡意撲天蓋地襲捲而來，就在我快要睡著時，有人說話了。

「楊妤晴。」

「嗯？」

「妳就盡全力逃跑不要讓我抓到，雖然追逐的遊戲我不想持續太久。」

「跑什麼……我不想跑啊，我只想待在這裡。」半夜叫我跑去哪啊，外面還下雨打雷呢。

「這可是妳說的，」我感受到腰際被人牢牢收緊，「哪都不會去？」

「嗯……哪都不會去。」我打了個哈欠。

「我說我和梓瑩真的沒什麼，妳相信嗎？」

「……唔嗯，相信。」

「那說妳喜歡我。」

大哥怎麼這麼煩，半夜不睡覺到底在碎碎唸些什麼……

他將我摟進懷裡，帶點半強迫的語氣：「說。」

「……哦好啦，我喜歡你。」

他沉默片刻，「太敷衍了，做為處罰我要……」

後面他似乎說了什麼，但退燒藥的威力太厲害，眼皮沉重得不像話，腦袋像一團漿糊全攪在一起。

然後……似乎有片柔軟的羽毛貼上我的唇，輕柔的，溫熱的，還帶點淡淡的花草清香。

而後，我沉沉睡去。

第二天一早起床時，除了大哥的房間擺飾好像變了，還有室溫是冬天睡覺最舒服的二十到二十三度之外，就是……有雙手從背後圈住我，我試著掰開他的手指。「哥……你這樣很噁心耶，以後要怎麼交女朋友？」

掙脫不了他的手，我只好翻身將他搖醒，「欸，哥……」我瞪大眼看著身後環抱住我的男人，這恐怖的程度媲美鬼片最常出現的橋段——一個不認識的人貼住你的背！

比鬼片好一點的是，這傢伙我認識，而且不得不承認，還滿熟的。

我下意識地用手摀住嘴，才沒尖叫出聲。我看了看身上的衣服，好險都在！

還好，應該只是純睡覺而已。

待大腦再清醒一點，昨晚的記憶一點一滴回來，思緒愈清楚就愈覺得自己是個白痴，誤把薛赫當成大哥，似乎還胡說八道了些什麼。

啊！到底說了什麼！為什麼全都沒印象？

幾公分的距離讓我足以清楚描繪他深邃的五官、濃密纖長的睫毛，甚至是緊抿著唇時會帶點淡漠的倨傲神情。

在我看得入迷之際，突如一道悶沉的嗓音響起：「再看，我怕我會忍不住。」語畢，他霍然張開眼，黑眸熠熠閃爍。

我漲紅的臉頰不偏不倚讓薛赫盡收眼底，「誰看你了！」我嘴硬。

他笑了笑卻不拆穿我，手忽然伸向我的額頭，語氣是我從未感受過的溫柔。「還會不舒服嗎？」

「不、不會。」面對他突然轉變的口吻，我有些不自在，心跳節拍亂得像是跳了一首零零落落的踢踏舞。

他收回手，我們靜默了一會兒。我看他也不是，轉身背對他又顯得我太大驚小怪，只好找個藉口逃離現場。

「你要吃什麼，我出去買。」我掀開棉被準備起身。他忽然拉住我的手，我疑惑地轉頭看他。

「再睡一下。」

「好啊，你睡啊。」

「妳不要走。」

我眨著眼，心跳快得像是剛跑完操場一樣，有點喘不過氣來。

「可是……我現在睡不著。」

「那，聊點什麼吧。」

我和薛赫已經不知多久沒有這麼心平氣和地說話了，從我回國以來，每次見面講沒幾句就恨不得把對方生吞活剝。

突然要和平地聊天，真的有點難度。

「你最近都在做什麼？」我就是個沒創意的人。

「開會、核對財務部門資金。」

……真是無聊的人生。「哦，那下班呢？」

「審核報表，看財經新聞。」

天啊，這個人的生活實在很無趣。「真辛苦。」我詞窮了。

我竭盡腦汁後又想到，「對了！你知道恬兒懷孕嗎？」

「聽妳講了以後我就知道了。」

「那你覺得會是男生還是女生？」

「醫生都不知道了。」

你說這人是存心跟我過不去，還是我的問題真的很無聊？

我沉吟了一會兒，實在想不出什麼有深度或是有意義的話題，聊財經我肯定不行，我只管得了自己的錢，其他的了解再多也不會變成我的錢……

「你平常都跟梓瑩聊什麼？」我得要有些題材。

「法律政治，」他停頓了下，「財經。」

聽完我差點沒掉下床，「就這樣？」

他一臉理所當然，調整了姿勢，將兩手枕在腦後。

「沒別的？像是誰結婚了，奶奶怎麼了，某某同事今天做了什麼很好笑……有很多可以說啊。」

「離婚官司倒是聽了不少，至於奶奶，她只要不出門旅行就是喊著要抱曾孫，而我的同事……沒什麼好說的。」

我用看著珍奇異獸的眼神看他，很認真地說：「你會不會得憂鬱症？」

他白了我一眼。我嘿嘿一笑，眼角正巧瞥見桌上一本財經雜誌，我順手拿了起來，封面的男人挺眼熟的。

定睛一看，剪裁合宜的黑色西裝，配上男人隨性拉著領帶的姿勢，舉手投足間是連婆媽師奶都受不了的逼人帥氣。

我翻了幾頁，多半是介紹他在「天海」擔任的職位，大學時當選學生會長的風光事蹟，當然個人資料也少不了。

記得大學時，校園舞會的宣傳海報，商學院的系內活動，總能看到他的身影，那陣子我光處理那些活動的「邀約」，火氣都上來了。

「這什麼，世界環保意外風險承擔……你不是商學院的嗎？他們幹麼要邀請你當迎新特別來賓……」

「不然邀妳？」

想到這我就有氣，回頭朝穿著睡衣褲一副慵懶自在的男人瞪了一眼。

發現他拿著我的手機似乎看了許久，「喂，你幹麼拿我手機！」我丟下手裡的雜誌，向他撲了過去，「我有隱私權的！」

他惡劣地將手機舉得高高的，「妳躺我的床、看我的雜誌、踩我的地板……」視線從我的手機螢幕移開，「現在又坐在我身上，這些都是標準的侵犯我吧？」

他輕佻地彎唇一笑。

經他這麼一說，我僵硬地看了看自己現在的姿勢，我整個人居然毫不知恥地跨坐在他身上……

「不過……」他戲謔地勾起笑，拉住我想逃開的手，「我樂意。」

我頓了頓，臉蛋熱得幾乎可以煎蛋。「我不樂意！」

甩開他的手，我像是看到薛赫身上有一百萬隻蟑螂爬過一樣嫌惡地跳開，卻在最後收回腳的剎那被棉被纏住腳。我努力穩住重心，偏偏平衡感天生不好，最後還是掉下床。

碰——

咦，薛赫家的地板不怎麼硬欸……還有點彈性？我張開眼，發現自己身下正壓著一個人，他將我圈在懷裡，為了保護我，自己的頭撞上桌角，表情痛苦萬分。

「哦！天啊天啊！你還好嗎？」我拍了拍他的臉頰，「變智障怎麼辦啊？奶奶一定會殺了我！」

「……在那之前我會先解決妳。」薛赫忍痛說道，突然他一個旋身反將我壓在地板上，自己則高高在上地俯視著我。

我嚇一跳，「你現在知道我是誰嗎？知道你是誰嗎？」保險起見，我還是確認一下他有沒有撞傻。

他臉一沉，顯然我在他眼中更像一個智障。

「吼！你要回答我才知道你沒事啊，不然奶奶要是問起我，為什麼她的寶貝孫子變成傻子……」

噗……哈哈哈哈哈！說這些話連我自己都想笑。

但看到某人的臉色從剛剛就像吃了炸藥一樣快爆炸，我還是識相一點，摀住嘴，安靜。

隨後，他彎起嘴角，唇邊的笑意幾乎滿溢出來。我不禁抖了兩下。「那妳就照顧我一輩子。」

「你還是讓奶奶殺了我好了。」

「……」

之後，他幼稚地將我壓在地上說什麼也不肯起來，要不是我苦口婆心拜託他，還說了一些泯滅良心的諂媚話，薛赫才心滿意足地起身放我一馬。

拿回手機，未接來電將近五十通，想也知道是父子檔的傑作。我看見蕙央發了訊息問我在哪裡，然後說她已經跟我的家人說我在她家過夜。

「真不愧是我的好朋友！」我邊傳訊息邊稱讚蕙央，但按鍵盤的手突然停下……我要怎麼跟蕙央解釋我在薛赫家睡一晚的事啊！

就在此時，手機突然響起，我跳了起來，腳趾很不湊巧地撞到一旁的桌角，痛得我齜牙咧嘴，但心裡的緊張大過身體的疼痛。

「喂？爸。」

「手機怎麼都不接？去蕙央家過夜怎麼也沒跟爸爸說？」

「啊……因為、因為太臨時啦！昨天太忙了。」我呵呵一笑。

專心講電話的我，突然感覺有人拉了拉我的頭髮，我朝薛赫做出「噓」的手勢。

要是被他們知道我現在和薛赫單獨待在一起，難保父子兩人不會開台挖土機把這裡剷平，太可怕了。

「嗯放心，我沒事啦，下次會早點說。」

話才剛說完，我就感覺腳趾處麻麻涼涼的，轉身便發現薛赫正低頭替我的傷口上藥。「笨手笨腳。」

「誰？我怎麼聽到有男人的聲音，晴兒！妳在哪裡？」老爸嚷嚷道，這麼小聲他也聽得見。

「哦爸！哪有什麼男人的聲音，是、是蕙央他爸叫我們下樓吃早餐啦。」某人青筋一跳，「我晚點就回去哦，掰掰，好，我也愛你。」我朝手機親了一下。

結束通話，我呼了一口氣，最大的麻煩解決了——

我看著薛赫收拾醫藥箱的背影，忽然覺得現在和他一起經歷的每分每秒都好不可思議。

到底為什麼我們會走到今日這地步，從親密到形同陌路，而我卻像個外人一樣任由它發生、結束。分手後，我以為我再也不會干涉薛赫和學姊的事。不聞不問，才能走得灑脫。

因為我害怕、很害怕，如果他和梓瑩真的在一起我該怎麼辦？

對我來說，像薛赫這般不平凡的人跟我在一起，本來就是件不合理的事，我沒把握能一輩子擁有他，更沒有足夠的自信讓他一輩子都只喜歡我。

就算面對我的質問、猜疑，他一再澄清、解釋，為的就是讓我安心，但日子久了，我們的理性與耐性仍舊敵不過時間的磨練。

「在想什麼？」

我看向他，輕輕斂下眼。如果最後我們都會轉身離開，那我何不先學會放手？

「你說梓瑩搬出去了，是搬到哪了？」

他頓了頓，接著沒事般地將醫藥箱放回原處。「她有自己的家。」

「萬一前夫再去騷擾她怎麼辦？」

薛赫停下手上的動作看向我，深邃的眼眸中沒有過多的驚訝，也沒有問我為什麼知道，只是淡淡地吐出一句話。

「我能幫她的也只有這樣。」

我以為早在一年前我就學會放手，但沒想到我只放了手，心卻捨不得。

第九章　轉身之後

「咚」一聲，蕙央將泡好的咖啡放在我的正前方。「喏，我想妳需要這個。」

我揉了揉發昏的腦袋，喝了一口。「謝了。」

「怎麼回事，最近好像很累？」

轉了轉脖子，「這幾天一直做噩夢，隔天醒來渾身都很累。」

「我發覺妳最近都趕在五點前下班，午休時間也都拿來工作，妳是不是在外面還有兼差所以才這麼累啊？」蕙央按了按我的肩膀。

我佯裝鎮定地敲著鍵盤，「妳也知道我家那對父子，總唸我沒時間陪他們，我只好在上班時間趕緊處理好公事。」

蕙央點頭說，其實被這麼一老一長都是帥哥的父子追著跑，也是種難能可貴的幸福。

「那隻鵝最近肚子大了，很多事都不方便，原始人打算讓她提早休假。」

「也好，再不放她假，她老公整天提心吊膽的，都要神經衰弱了。」

我和蕙央同時笑了。

她呼了一口氣，說道：「真好，有個人這麼擔心她。」

「我上次聽阿姨說要幫妳相親。」

「拜託！我媽那些親友團介紹的人能看嗎？不是禿頭、啤酒肚，就是一些愛炫富的暴發戶，我的青春年華難道就這麼結束了嗎——」

她吶喊道。

我不介意蕙央情緒一來偶爾對我發牢騷，但這個時間我不得不走了。「蕙央我明天再聽妳說，我要先走了。」

「咦！咖啡還沒喝完，電腦也還沒關欸！」蕙央在我後頭大喊，我請她幫我收拾善後，便駕車離開。

「奇怪，我都不知道妳這麼聽妳爸和妳哥的話……」

六點煮好晚餐，在家等我下班。

我瞪著訊息，都要懷疑他是不是預設五點一到手機就自動發送訊息給我。

兼差？薛赫根本沒付我錢。

我試著撥電話給奶奶，毫不意外又是轉接到語音信箱。

唉，奶奶當真狠下心來不理我，每每我提起這件事，薛赫也是草率帶過，唐突去找奶奶也不好，畢竟她現在是「薛赫」的奶奶。

想著離薛赫回家還有一段時間，我將車開進薛赫家大樓的地下室，便走路去超市買些菜。

我哼著歌，看了一眼手機訊息，不意外地看見群組裡蕙央和安恬兒又在鬥嘴，而陶淵傳來奇怪的古文，還硬是要講解裡頭的奧妙給大家聽。

幸好我們默契一致，沒人回應他，他就會自討沒趣，停止再傳。

點開薛赫的視窗，訊息仍停留在「在家等我下班」的字句，頓時覺得心情意外地好。

眼前的號誌轉為行人通行，我沒有猶豫地往前踏出幾步，才走到斑馬線的一半時，忽然一聲輪胎摩擦地面的尖銳刺耳聲，貫穿我的耳膜。

我握著手機，瞪大眼看著左方離我不到幾公尺的小轎車，直直向我衝來，似乎沒打算停下。

當下，我的腦袋一片空白，我應該趕緊閃開才對，但腳卻像生了根似的舉步艱難。

我要被撞上了。

忽地，一股蠻力將我奮力往前一推，我跌坐在對面的人行道上，手機螢幕碎了一地。

驚魂未定地看著眼前的景象，我感受到手指末端逐漸冰涼，身體裡的每一根神經都像凍結般失去知覺。

周圍人群議論紛紛的聲音，在我耳旁嗡嗡作響。

身體無法抑制地顫抖，我看著倒在一片血泊中的他，和我的夢境層層相疊，我想靠近他，身體的力氣卻彷彿被抽光，無法動彈。

他的樣貌，在我視線裡逐漸模糊。我迫使自己起身朝他走去。他看著我，靜靜地笑了。是血，都是血。

「哭什麼？」

我跪坐在他身旁，「怎麼辦……薛赫，你流好多血，怎麼辦……」我死命地克制住自己的眼淚，但眼睛就像傾注了整片大海，我哭得幾乎說不出話。

薛赫扯動失去血色的唇瓣，「分手那天都沒哭了。」他想朝我伸出手，但看得出來，他的手臂似乎已經失去知覺。我趕緊握住他的手。

他的臉蒼白透明得彷彿下一秒就會消失不見，他勉強露出笑容。「不要哭了，嗯？」

聽著他反倒安慰起我的溫柔語氣，我哭得更厲害。

「對不起，真的對不起……」我握緊他漸漸失去溫度的手，不斷向他道歉。

「是吧，咳、咳！……就說要聽我的話，好好待在家，現在知道錯了吧？」

我點著頭，泣不成聲，淚滴落在他被血暈染的襯衫上，我什麼話也說不出來。

薛赫看著我淡淡地笑了，緩緩閉上眼道：「我……好像太愛妳了。」

看著刻印在嘴角上，是他最常出現的十五度角笑容，我的眼淚瞬間潰堤。「薛赫……拜託！拜託，不可以這樣睡著，我不會隨便丟下你了，我就在這裡，我錯了，拜託不要丟下我。」

那天，救護車的鳴笛聲和我的眼淚融為一塊，而薛赫沒有因為聽見我的哭喊而醒來。

我站在加護病房外，看著薛赫沉睡在一片雪白的世界。我死死地盯著病床，深怕我一個閃神，他就會消失不見。

先趕來的是梓瑩學姊，她帶著不可置信的眼神看著我身上已乾涸的血漬。

「對不起。」她愧疚地對我說道。

「……對不起什麼？」薛赫會沒事的，他跟我約好今晚要一起吃飯，明天、後天還有大後天也是，這幾個禮拜我們都要一起。

不會有例外的。

「是我！都是我不好！我阻止不了天載，他瘋了……拿著刀追著我，我想不到任何辦法，當時我只有薛赫了，我不知道他會傷害你們……對不起、對不起！」

梓瑩哭得很慘，拉著我的手不斷向我道歉。我該給她什麼樣的回應，說沒關係嗎？說這不是妳的錯，錯在前夫沒人性，錯在薛赫喜歡英雄救美？

「既然如此，為什麼要讓前夫一直傷害妳？」她的表情閃過一絲震驚，「如果想和薛赫在一起，至少把上一段感情整理乾淨。我記得他最讚賞的就是妳處理事情總是乾淨俐落，不是嗎？」

「妳又懂多少，妳和別人一樣就只想看我笑話！因為我離婚，被那個男人逼得幾乎走投無路，我沒有人可以求救，沒有人願意幫我！」

她的音量大了起來，但身體卻瑟瑟發抖。她蜷曲著蹲下身，無助地顫抖著。

我緊張地走上前想握住她的手，「梓瑩妳別這樣……」

「我是個失敗者，毀了自己也給別人帶來不幸，這樣的我還有什麼理由活著。我已經一無所有了啊！」

梓瑩甩開我的手，顫抖的肩膀說明她此刻的恐懼與不堪。曾經是眾人簇擁的對象，卻因為一段破碎的婚姻造成她往後人生的巨變。

「沒事的，嗯？什麼都會好起來的，好好重新開始就行了，沒什麼過不去的！」我試著扶她起身，就怕她做出傻事。

「不，我的存在始終傷害周遭的人，我永遠擺脫不了那個人，離婚的汙點一輩子都洗不掉……」

我抱住她纖弱的身子，極力安撫道：「我們可以一起重新開始，我和薛赫都會幫妳，蕙央、恬兒和陶淵也一定會站在妳這邊，不會讓前夫有機會傷害妳。」

梓瑩沒回話，啜泣聲在空蕩的醫院更顯得清晰破碎。

之後，薛赫的父母、奶奶趕到，奶奶一見到梓瑩，不由分說就給了她一巴掌。

「奶奶！」我震驚地扶住梓瑩搖搖欲墜的身體，沒預料到奶奶會出手打她。

「我一再告訴妳要好好處理前夫的事，為什麼最後會演變成我的孫子躺在醫院！」奶奶十分憤怒。

「媽，別生氣了，梓瑩不是有意的。」

「奶奶這是我的錯，是我讓薛赫遇上這種事，是我害的……」我擋在梓瑩身前。

奶奶瞪著我，「都什麼時候了，妳還袒護她！今天要不是薛赫，受傷的就是妳，妳要是有個什麼，我那孫子不知道又會做出什麼事。」

聽著，我的眼眶又積滿了霧氣，我哽咽道：「奶奶……對不起。」

薛赫住在加護病房第三天，奶奶打了電話給我，很高興地對我說，薛赫已經可以轉往普通病房了。

我鬆了一口氣，擱在心底的大石頭終於可以放下。

我不記得自己怎麼走出工作室的，等我回過神來，已經坐在 Chris 車上。開了一段路後車停了下來，Chris 用他的大手拍著我的肩，習慣性地揉著我的頭。「快去吧。」

我嗯了一聲，解開安全帶，忽然一襲恐懼湧上我的心頭，跨出車門的動作猶豫了。

我突然好怕，真的好怕。

這時我感覺背後被人輕推一下，Chris 噙著一貫輕佻卻讓人安心的笑容。「我在這裡等妳。」

走進醫院，望向無止境的白色長廊，空氣中飄散著藥水的刺鼻味，倉促的腳步和儀器滴滴的聲響都使我卻步。

小護士替我查了病房，「請跟我來。」看出我的緊張，小護士途中也不斷和我聊天，舒緩我的心情。

「薛先生會沒事的，外傷按時擦藥傷口就不會留疤，至於骨折，好好休養，過不久就可以出院了。」

「嗯，好。」

「薛先生肯定是妳很重要的人吧。」

「呃也不是……那麼重要啦。」

「如果不重要怎麼會這麼擔心呢？」

「……」

「我爸媽常說，在能愛的時候就去愛，想哭的時候就大聲哭，不要忍耐，這麼一來也就不會有所謂的遺憾。」

說完這段話的同時，我看向緊掩的灰色病房門，上頭標示著505號房，心沉甸甸的。

「那我去忙了。」

「謝謝妳。」

「加油！」小護士俏皮地朝我揮揮手，隨後豎起大拇指。「還有啊，薛先生真的很帥，不要輕易錯過。」

「噗哧！」

我深吸一口氣，握緊門把用力一轉，日光燈的點點白光透著縫隙傾瀉而出。

我一眼就看見他坐在病床上，除了臉色憔悴，嘴唇微微泛白，他還在，在我看得見、觸碰得到的地方。

薛赫沒事。

奶奶也來了，正精神奕奕地叨唸薛赫，「真是的！早讓你們把那壞傢伙抓起來關，非要出了事才警惕。梓瑩這丫頭也很糟糕，就算有過夫妻情分也不能讓他為所欲為！」

「奶奶，好了啦，別再說了，我這不是沒事嗎。」

「沒事？這一不小心可是會出人命啊，我能不說嗎？你呀，就是太愛管閒事，弄成這樣你開心了？還好你醒過來了，不然奶奶可要哭瞎了眼，你這渾小子就知道折磨你奶奶，不孝！」

奶奶扯著嗓叫罵，也不管薛赫現在是病人，還舉起手不留情地打了他好幾下。

薛赫難得像個孩子似的啊啊大叫，奶奶當然也是心疼自己的寶貝孫子，聽到他可憐兮兮的喊痛，立刻就心軟停手，頻頻問他哪裡被弄痛了。

我看著祖孫兩人溫馨的互動，而他也仍在距離我幾步的地方，勾著好看的十五度角笑容，眨著如墨的雙眸。

他還好好的，薛赫還好好的，他真的沒事，他……

我的眼眶一陣酸澀，眼裡濕濕的，而他的樣子也開始變得有些模糊。

「楊好晴？」

聽到熟悉的聲音，我趕緊抹了抹溢出眼角的淚水。

一滴。

兩滴。

「喂，妳……」

無論我如何壓抑，淚水就像水壩潰了堤似的不斷傾洩而下。

「過來。」薛赫擰眉，帶著不容抗拒的語氣。

我也知道大部分的男生都討厭女生哭哭啼啼的，可我也不想啊，眼淚就是停不下來。

於是，我搖頭，接著做出這輩子在他面前最有骨氣的忤逆行徑——轉身走人。

❖

凌晨的夜風拂過我的耳際，揚起了我的頭髮，我抱膝坐在碎石地上，眼前是一望無際的大海，伴隨著海浪一上一下拍打礁岩的聲音，心裡很舒服、很平靜。

「開心嗎?現在。」

「嗯，鬆了一口氣倒是真的。」

「還想哭嗎？」

探進他幽深的水藍色眼眸，我搖頭笑了笑。「我其實也沒有很愛哭好不好。」

「我知道啊，所以妳哭的時候我總是特別緊張。」

「原來教授也會緊張？」我調侃他。

「這是我第二次看到妳哭。」他說。讓我想起我們剛見面時的不和睦，和我第一次在他面前忍不住落淚的畫面。

「欸，我那時候就想問你，怎麼突然不再找我麻煩了。」我開玩笑地說道，「難不成是害我哭，良心過意不去？」

Chris 溫和的笑聲，在夜裡顯得特別乾淨、好聽。「或許是吧，那一刻起忽然發現妳也是個正常女生，會哭會笑。」

聞言，我反應很大地彈開身體，不滿道：「原來你一直認為我是怪胎！」

他再度失笑，「是內褲外穿的女超人。」

我錯愕地看他一眼，忍不住哈哈大笑，罵他有病。

「妳還記得那天妳在我家吃飯，對我說的話嗎？」

我點頭。

「妳說喜歡我。」

「嗯……」

望進他飄渺湛藍的雙眸，無論開心難過生氣始終對我不離不棄，這樣的人再也找不到了。

是啊，再也找不到了。

收回視線，我玩著地上的碎石子。「你是我最重要的人，一直以來我最不希望傷害的就是你。哪怕是一點點勉強，我都不能跟你在一起。」

鬆開手上的石頭，我看向他，原以為展露在我眼前的會是充滿哀怨的雙眼，此刻卻意外盛滿笑意。

「我的眼光果然很好，晴妳是一個值得被愛的人。」

我皺眉不解，面對他突來的稱讚，我有些不知所措。

「就算妳答應和我交往，我還是得忍痛拒絕。」不得不說一個大男人捧心的模樣真的讓人感到很不舒服。

「我一直以為當我聽到這句肯定句時，我會高興得飛上天。」我看著他微微勾起的笑容。「但當夢寐以求的畫面成真，我卻感到深深的挫敗。」

「除了他，妳不會再喜歡別人了。」

我想說些什麼，他卻要我聽他說。

「妳說喜歡我，也只是把對他的感情投射在我身上。」

「你的中文真的進步很多。」

「我以為在妳難過時陪在妳身邊，站在離妳最近的位置，總有一天妳會回頭看看我，但我卻忘了……」金髮微微融入夜色，他彎起一抹淒涼的笑容，眼裡的寂寞一點一滴釋放在微鹹的海風中。「能讓妳傷心難過的是他。」

❖

將手機開機，發現有近百通未接來電，趕緊先打給老媽。「媽，幫我跟爸和哥說我沒事。」未等媽說話，我深吸一口氣，「我呃……今天會回家吃晚飯，記得等我。」

我還是提不起勇氣說出關於薛赫的事，出車禍那天，我也是先到蕙央家換下沾了一身血的衣服，大半夜的差點嚇死蕙央。

「知道了，哪一次沒等妳了。」媽笑了笑便掛斷電話。

家人那邊暫且搞定！

最後這五通未接來電才是我最不想也不敢面對的人，依照我對他的了解，通常只要三通就是他的極限，若是超過……天啊！我完全不敢想下去。

不知我哪來的熊心豹子膽，這次我居然不想理他，反正他人現在在醫院，也不可能隨便出現在路口堵我。

而且，就算見了面也不知道說什麼，還可能被使喚來使喚去，我又不是白痴，才不要自投羅網咧。

「一整夜沒睡真的不要緊？」Chris 擔心地問。

我點點頭，伸展了一下全身的筋骨，「沒事啦，祝我好運。」

「Good luck！」

下了車，我一如往常地走進工作室，卻察覺到氣氛有些不太對勁。

一種說不上來的……異常安靜。

工讀生們很乖巧地正在打掃、泡咖啡和接電話，整間工作室散發著一種不可思議的祥和。

「晴妹，早安，近日可好？」

我停頓了下，安恬兒在家休養讓她逃過一劫，而蕙央看似早已被凌虐過了，這麼快就輪到我了嗎？「沒看到你當然好，好的不得了——」

「那便好。」

我看向笑得一臉容光煥發，身後彷彿有著萬丈光芒的陶淵，低聲問一旁的蕙央。「他是中樂透，還是挖到寶？」

「能讓他笑得跟白痴一樣的人，這世界還會有第二個嗎？」

我哦了一聲，忽然對那個名字敏感了起來，也就沒再追問下去。

但有時不問，不代表別人不會「自動」找上門。

「晴妹。」

「……」

「晴妹呀，晴妹哦！登登登！妳好嗎？在下很好啊！」

「……」

「啦啦啦啦！在下風流倜儻，讀萬卷書唷唷唷！……咳！咳！」

嗯。

蕙央的白眼已經翻到後腦杓，眼前的人仍自我陶醉地拿著摺扇，走來走去搖頭擺尾、轉圈跳躍唱著自編曲，還弄倒花瓶，幸好工讀生眼明手快搶救下來，才沒碎了一地。

「晴妹。」

「妳就理他一下吧，也算是解救我們這些可憐的小老百姓。」蕙央拍著我的肩，全體工讀生點頭如搗蒜，「犧牲小我，完成大我，我們都會感激您！……欸，我這裡有耳塞，大家趕快分一分，慢者沒份。」

真衰。

「講。」

「妳要先問在下是什麼事啊。」

「什麼事？」

「妳怎麼沒有很好奇的樣子？」

「哦，好想知道，拜託告訴我。」這樣總行了吧？

「好沒誠意，在下不告訴妳了。」嘟嘴。

「咕！」

裝什麼可愛啊！

「梓瑩小姐搬出薛赫家了。」

工讀生很配合地「哦」一聲，結束。

「喂喂！妳們怎麼都不驚訝？」

「關我屁事。」蕙央答。

「晴妹肯定樂的，如此一來奸商就是妳一人的。咱們下班是不是要去飲酒作樂一番？」

「我跟薛赫……」

陶淵吹著不知從哪冒出來的哨子，嗶嗶兩聲。「別跟在下胡扯說你們是清白的，上回他為了找妳跑遍了整座公園和學校，心急如焚的模樣，在下真該照相存證。」

蕙央似乎嗅到八卦的味道，拉著椅子湊上前。

「人、人不見誰都嘛會緊張！」

「是這樣哦，那手牽手迎著月光在校園散步，這是……？」

「死陶淵！你別亂說，我們才沒有牽手，只有散步，單純的走在路上……呃！」我立刻捂住嘴，對上陶淵賊溜溜的眼神，可惡居然被套話了！

「散步啊。」蕙央挑眉重複道。

我恨死原始人了啦！

「反正就是這樣，我們什麼都沒做，頂多就是去他家打掃、煮飯而已。」我特別強調，至於那些意外的「肢體接觸」，我就省略不說，故事太長，聽者容易不耐煩嘛。

「那妳還在這裡幹麼？」

「上班啊。」

「薛赫都住院了，妳還有心情來這裡讓原始人激怒妳。」

一旁的陶淵點頭認同，後來想想不太對，用摺扇推了蕙央的頭。「好好說話。」

「他又不是沒家人，醫院也不是沒護士，我就算去了對他的傷勢也沒幫助。」萬一又惹他大爺不高興，怪到我頭上來，我豈不倒楣呢。

另外一個原因是——我不想面對他。

蕙央揪著頭髮大叫了幾聲，激動地說：「真是受不了你們兩個欸！到底是上輩子結什麼仇，斷也斷不乾淨，重新在一起也在那拖拖拉拉！你們不煩，我們周圍這些人都快被你們逼死了！」

「……妳最近壓力有點大喔。」

我看向陶淵，想博取一點認同，但還沒得到認可，蕙央就氣勢騰騰地站起身。

「媽的！東西收一收！」

「妳、妳現在是要 fire 我嗎？」

「哪來那麼多廢話，快點！」

「要去哪啊？我今天答應我媽要回家吃飯了。」

蕙央不理我，轉頭就和陶淵說：「原始人我們倆現在是出公差，懂？」

陶淵似乎是第一次見到蕙央開啟戰鬥模式，嚇得將自己貼在牆角。「當然……在下明白的，直接下班也不打緊，今天吃什麼、買什麼都算在下的……」

「就等你這句。」蕙央拿起桌上的鑰匙，「車也順便借一下。」

「拿去，都拿去。」

我坐在副駕駛座，心驚膽跳地看著一旁正在暖身的蕙央，骨頭應景地發出喀喀的聲響。

「我有沒有跟妳說過，妳出國後我和薛赫見過面？」

「有……提過。」我像個好學生老實回答。

「妳猜他來找我做什麼？」

「毀謗我？」蕙央咳了一聲，以為我在開玩笑，但我是真的覺得薛赫當時一定恨透我了。「難不成他罵妳了？」

蕙央受不了地打斷我的內心小劇場，將那天薛赫告訴她的話重述一遍：

「我不會找她，但如果我們重新遇見，我不會就此算了。」

「聽起來像他要報復我。」

她疲憊地抹了抹臉，「是他打從一開始就沒打算放妳走。」

「……」

「妳以為世界上的巧合真這麼多，妳回國沒多久兩人就遇見？」薫央不屑地哼笑一聲。「那是他查了妳的出境紀錄。至於研究所，透過和妳熟稔的教授都能掌握妳的行蹤，還有天海聘請妳當翻譯員這點不用我多說了吧。」

有種被雷擊中的領悟，好似我這一年來的重新開始根本只是換個地方原地打轉而已。

「這麼說妳根本什麼都知道啊！之前還裝瘋賣傻！」我指著她大叫。

被抓包後，薫央大概只心虛一秒，接著比我這被害者還理直氣壯，朝我大吼道，「不然以你們這種彆扭的個性，是要等到何年何月？明明兩個都不笨啊，怎麼連好好說話都不會？」

薫央用著看白痴的眼神，睨了我一眼，隨後發自內心地搖頭嘆氣。

「我就送妳到這裡，至於妳要怎麼樣我也沒辦法管太多。」薫央送我到醫院門口，「難得提早下班，還能花老闆的錢，不去購物簡直對不起每天認真工作的我。」她揮揮衣袖，連人帶車瀟灑地離去。

「至少也陪我進去再走啊。」

於是，我一個人很慢很慢地走到B棟，再一階一階爬上五樓，總之能拖多少時間算多少，最好到醫院關門為止。

啊，我忘了醫院是二十四小時……

途中，我思考著待會進門該說什麼，「好久不見？」我搖頭，不妥，肯定會翻臉。

若無其事地和他說聲嗨。不行！不行！一點都不自然。我用力搖頭。

不然一進去就裝可憐，說那天因為尿急所以先走。吼！我一個女生跟男生說什麼尿急何況對象還是薛赫……

我用頭有一下沒一下地撞著牆壁，無奈就是想不出一個好方法。

來到 505 號房外，我持續吸氣、吐氣，動動手指，轉轉腳踝，一切準備就緒。我緩緩舉起右手，握拳，心一橫！

「哎唷！妳好討厭哦。」

一聲嬌嗔讓我緊急煞車。

我感覺五臟六腑的血液不斷回流。看來薛赫在這裡過得不錯啊，還有漂亮護士貼心照顧，我的腦海自動浮現餵食秀，你一口我一口……

哼！我真是白痴，還以為……

腳步一旋，我氣呼呼地轉身就要離開，卻被身後一道帶點蒼老卻精力十足的聲音喊住：「小傢伙。」

「奶奶……」

「人都來了怎麼不進去？」

「呃我、我……突然想到我還有事，得先離開！」

「行了、行了！還以為奶奶第一天認識妳？」奶奶努努下巴，「替我開門，我手上都是東西不方便。」

騎虎難下的狀況下，我也只能照做，再說我實在不想再讓奶奶對我的印象更不好。

門一開，伴隨著陣陣歡呼聲。「住院一天的費用是……，那麼一個禮拜算下來……」

「老大這個蘋果可不可以吃？」

「全壘打！全壘打！哎呀！」

「美麗的護士小姐，我最近腰很痠，肩膀也很僵硬，妳能不能幫我按摩一下？」

看著眼前亂哄哄的情景，我不禁傻眼。四大彩子各占一區，要不是有病床，薛赫還穿著病服，我還真以為我走進一間聲色場所。

裡頭最冷靜的就是薛赫了，他彷彿與世隔絕一般，自顧自地在床上翻著書，周圍一切的吵雜聲都與他無關。幸好這間是單人房，否則一定會被投訴。

紅率先將視線離開電視，「哇哦——奶奶回來了，我幫您……」見到身後的我，他誇張地張大眼，手拐著一旁只對蘋果有興趣的藍。

藍咕噥幾句：「你休想我會分你。」

「等等我買一箱蘋果給你，現在我們該走了。」

「不是怕老大無聊才來的嗎？剛剛你還說晚上要開 Party，酒和零食都買好了。」

「剛剛和現在不一樣！黑也別再算錢了，不會輪到你付，黃你剛說的一字一句我都錄起來，不想家庭革命就快點收拾東西走了。」

大家帶著掃興的表情停下手邊的事，準備砲轟紅時，在下一秒看到奶奶身旁的我，全體定格，瞬間明白了什麼。

下一秒，凌亂的現場刮起一陣旋風，不出半刻，所有不該出現在醫院的東西一掃而空，包括那位護士小姐也被趕走。四人露出乖巧可掬的笑容排排站好，黃還特意朝空氣噴了一下花草香味的香水。

奶奶驚嚇程度可不小，但大學和他們朝夕相處的我早已見怪不怪，所以才說他們是會長最得力的助手，幹部連任好幾屆呢。

「奶奶和大……呃楊小姐我們就先走了，明天還得上班，改天再來看老大。」

奶奶愣著點點頭，忽然啊了一聲。「瞧我這記性，怎麼就忘了買水回來，奶奶聽說雪山來的水最好喝也最乾淨，我這就去買！」

「我跟您……」

忽然，四人一致將我推開，「抬重物這種事我們幾個來就好！奶奶我們跟您去，四個人一定很夠，不、需、要再多了吧？」

這幾個臭小子不想讓我跟，也不用表現得這麼明顯。

看著一群人浩浩蕩蕩地離開，原先吵雜的病房悄然安靜了下來。

偶爾傳來翻書的紙張摩擦聲，讓人神經緊繃，空氣沉悶得快窒息，明明有很多話想對他說，但他那副愛理不理的態度真的讓人很不爽。

不過面對他我永遠只敢把這些最真實，一刀未減的內心話放在心底，所以也不用期待我會有什麼驚人之舉。

只是站久了腳也是會痠，於是我小心翼翼地，慢慢後退再後退——

「又要去哪？」說這話的同時，他連眼神都沒對上我。

「……我找椅子坐。」

「不准，過來。」

所以這到底是要不要我過去？

中文系通常都有些通病，除了很愛糾正錯字外，也很喜歡抓語病，正當我還在解讀這中文的奧義時，他又命令了一次。

確定他是要我過去後，我像個小媳婦，緩慢地向前移動一小步。

「再靠近。」

他仍沒看我，我向前移動一小步。

當這樣的對話來回第四次，我也猜想薛赫差不多要爆發時，他果然闔上書，眼眸輕抬，微長的墨黑色髮絲零零落落的貼在額前，散發出一股邪媚的氣息，讓人有種恍惚間踏入了地獄的錯覺。

「楊好晴。」

「好好好，我過去就是了！」

對，我就是孬。

「坐。」

「我突然不想坐了。」

抿唇，他睨了我一眼，我淺淺地倚著床沿坐下，深怕待會跑不了。

「給妳兩分鐘解釋。」

「解釋什麼？」

「一分五十秒。」

「什麼?我要說什麼，我沒什麼要解釋的啊！」

「那等等我說什麼就是什麼。」

「……這是威脅嗎？」

「是妳只能妥協。」

哇！沒見過欺負人還可以這麼理直氣壯。

「那我要走了。」我起身。

「做賊心虛？」

什麼賊？什麼心虛？我又沒做什麼對不起你的事！

滿腔怒火和怨氣急速飆升，「你才倒是說說你當時為什麼衝過來，我不要你這樣，為了我……」我哽咽，眼淚又開始不聽使喚。

我明明不愛哭，舉凡跌倒受傷打針都刺激不了我的淚腺，好朋友吵架我也不哭，失戀……啊，好像沒有這個選項。

總之，這傢伙憑什麼讓我接連幾天都哭了！

「我就是怕這樣。」他輕嘆，朝我伸出手。我抗拒地躲開，他卻奸詐地用手掌抵住我的後腦杓，讓我無法動彈，只能正視他。

他動作生疏且僵硬地抹掉我眼角的淚水，語氣輕柔得讓人更止不住淚。「別哭了，嗯？」

我的眼淚就像和他唱反調似的，不斷滑落，落在醫院的床單上，落在他握住我的手上。

他無奈道：「我好好的，就在這裡。」張開雙臂，他輕輕地將我摟進懷裡，動作輕柔地撫著我的背。

「沒事了。」

於是，我再也忍不住，緊緊抱住他，在他懷裡像個無助的孩子放聲大哭。

太丟臉了，楊好晴！

在誰面前哭都可以，但怎麼就挑在薛赫面前哭得醜態畢露，這樣我以後還有什麼臉在他面前擺姿態。

我慢慢鬆開抓緊他衣襬的手，剛剛哭得唏哩嘩啦，冷靜後突然不知道該怎麼收尾。

畢竟活了二十幾年沒有這樣的經驗，也沒機會練習怎麼哭才能跟古裝劇裡的女人一樣，梨花帶雨、楚楚可憐，令人疼惜。

唉，別惹人嫌就好了。

我不著痕跡地退出他的懷抱，薛赫卻像沒事般再度將我擁緊，還自動將我的手環繞在他的腰際。

「不哭了？」

「……要笑就快笑，憋著會內傷。」我在他懷裡猛翻白眼，反正他也看不到。

聞言，他輕輕地笑了。「以後不會了。」

「……」

「不會再讓妳找不到我了。」

他忽然鬆開手，讓我清楚看見他此刻眼眸裡的倒影，是個女孩，哦不，現在是女人了，她哭得眼睛都腫了，皺著眉一臉無辜哀怨卻帶點倔強。

眼眸的主人彷彿看了這個她一輩子，從女孩蛻變成女人，從短髮到長髮，從天真無憂到現在的成熟懂事。

彷彿一切都沒有改變，誰也沒離開過。

薛赫彎起一抹淺笑，溫柔得令人無法直視，我瞬間感到心臟無力，連忙遮住他帶著十萬電力的雙眼。

「不要看啦。」

「為什麼？」他說著又笑了。

天啊！這個笑聲怎麼會讓人心口小鹿亂撞。忽然覺得醫院有點熱，我用另一隻手朝自己搧了搧風。

「如果沒什麼事，我就先走了。」清了清喉嚨，我看了一眼手錶。

他抓住我的手不放，輕牽起嘴角，「妳欠著的事還很多。」

時間有點晚了，全家人可都在等我吃飯啊。「改天再說，我要走了。」我甩了甩他握住不放的手。

大爺難得出現撒嬌的口吻。「不想讓妳走。」

「不行，我已經答應家人要一起吃飯，」我安撫道：「你就在這裡好好養病。」

「妳明天會不會來？」

我歪頭一想，「不知道，恬兒休假，工作室可能會很忙。所以要看狀況……喂喂你幹麼！」

「這樣我就更不想讓妳走。」他將下巴抵在我的左肩上，雙手從後方環住我的腰側，溫熱的氣息搔著我的耳際，有些癢。

沒想到平時不苟言笑的薛赫，鬧起彆扭來卻意外地折騰人。

「哎，別鬧了！你又不是不了解我家那對父子檔，這幾天都和你吃飯，要是被他們知道，你會有生命危險。」

想起之前光要提起「男朋友」這三個字，我可是演練了三個月才敢說出口。

薛赫沉吟了一會兒：「遲早都要見面。」

我驚愕地側身看他一眼，「別開玩笑了！你還想進一次醫院？」

「Chris 是不是見過妳爸媽了？」

「嗯，好幾次了。」我不疑有他地回答。

「那就沒道理我不能上門問候。」

這又是什麼邏輯？「我之前在英國受他們家人很多照顧，邀請他來家裡吃飯理所當然，何況他一個外國人在異鄉，什麼都不方便，我不能丟下他不管。」

「妳現在的意思是，不需要對我負責？」

「你和 Chris 又不一樣，你是……」我欲言又止。

「我是什麼？」擺著笑臉，他明知故問。

望進他深沉透亮的瞳仁，心裡不免小小掙扎了一下，深吸一口氣，這次決定不再避而不談，我和薛赫之間總要做個了結。

「什麼也不是。」同時，腰部被一股強而有力的力量收緊，我知道他聽了不高興，但我還是得澄清。我揚起無害的笑容，垂下眉，特別無辜地看向他，「薛先生你想想，我們說是工作夥伴，也就短短幾個月，說是朋友，可是你前陣子斬釘截鐵地對我說我們做不成朋友，至於……男朋友嘛，這更說不通了，請問你是以什麼身分上我家呢？」

他一怔，我在一旁陪笑。現實總是殘酷的。

趁他不注意，我快速地從他懷裡掙脫，歪頭朝他笑得燦爛。「好好休息哦，沒事別打給我，我很忙。」

他扯了扯嘴角，隨即露出不可一世的笑顏，善於掌握局勢的他，所有一切似乎又回到他的預料之中。

「妳想讓我以什麼樣的身分踏進妳家？」

來了，又是這種怎麼回答怎麼錯的問句。

但和他認識這麼長一段時間，我可是有乖乖做功課。「就看你有多少本事。」這時候裝傻就對了。

他溫和一笑，微翹的唇角，彎起的黑眸熠熠閃爍，如同那時候說喜歡我的他，帶著些微的不自在與羞澀，但更多的是他眼裡的堅毅與他向來不輸人的自信。

「我們，重新開始吧。」

他的話聽起來還是一樣漫不經心，但很奇怪的是，卻沒有絲毫不確定。

我是真的害怕了。

面對此刻他鏗鏘的語氣，誠摯的雙眼，一切彷彿回到當時最純淨的「你喜歡我，而我也喜歡你」的瞬間。

還沒和他在一起的時候我常想，為什麼會喜歡上和紅蘿蔔味道一樣讓人反感的傢伙。

莫名其妙被拐入會長室當打雜小妹，忍受他的冷嘲熱諷，還有他那傲慢無理的態度，從不顧別人的感受，總是唯我獨尊的自大模樣，看了就討厭！

但全校幾乎有一半的人都將他視為神一般崇拜，似乎認為這就是會長的魅力所在。

我只能說，大家的價值觀偏差得很嚴重。

好吧，我也是。

雖然喜歡他，但我可沒勇氣向誰承認這件事，他可不是隨便的路人甲啊，萬一失敗絕對會被笑話一輩子，我脆弱的心靈可承受不起。

於是，我始終保持沉默，而他始終以娛樂我為快樂之本。

一直以來我和薛赫的關係有種說不上來的微妙，蕙央總笑說：「你們就是狗與主人、王與僕人的關係啊。」

聽完，我不滿地哇哇大叫，胡鬧完後才發現我這不是自己承認了嘛我。

但自從梓瑩學姊畢業後，薛赫還是維持單身，我們的關係眾說紛紜，說我倒追也好，死纏爛打也罷，我不在乎，因為我知道薛赫和我之間不會有什麼，即使流言紛飛我也不會感到受傷。

直到大四下學期那年，所有事就像連環炸彈一樣，一件一件在我平靜無波的人生炸開來。

當薛赫說喜歡我、收到學姊的結婚喜帖、安恬兒交了男朋友、蕙央出版了人生第一本繪本，最後……噢，還有陶淵失戀了（管他！不是重點）。

薛赫欸！那個自視甚高、狂妄的學生會長說出類似「我們交往吧」的話……

「妳的朋友覺得我們在交往，我的朋友以為我們是一對，全校一致認為我們是男女朋友。」

「所以……你到底想說什麼？」

「妳還不懂嗎？」

你不說我怎麼會懂！

「我們，勢必要在一起。」

望進他彎月般的眼眸，我足足石化了三秒，這笑容這麼刺眼，這語氣太過溫柔……眼前這個人真的是我認識快四年的薛赫？

穩住心跳，我咬著下唇，他果然發現那件事了？所以才會說這些奇怪的話來惡整我吧。

我就說他一定知道，只是在等我開口，現在他突然這樣，一定是已經忍不下去，笑得容光煥發，笑得嘴都要裂到眼角去了，發火指數肯定高達兩百。

「哦對啦對啦！都是我……把你最喜歡的獎盃打破，因為、因為那天真的太無聊了，我們才在會長室玩棒球，對不起！」我朝他九十度鞠躬，就差沒抱住他的大腿下跪說我錯了。

見他沒什麼反應，我悄悄睨他一眼，不看還好，這一瞄我清楚看見他嘴角的笑容僵住了。完了！完了！他不會放過我的啊！

「原來就是妳啊。」

我咦了一聲，難道他不是在說這件事？

「我居然會相信是動物園逃跑的猩猩，誤闖會長室打破的。」他忍俊不禁，「跟智商不足的人相處太久，連腦袋都退化了。」

我在心底默默問候他一遍。

「以後怎麼辦，光是照顧妳就夠讓人分身乏術，要是連我也不在狀況內，我們的未來實在堪憂。」

「嘖，誰稀罕你照顧了。」畢業後，我們就分道揚鑣，誰也不欠誰！

「長得也不是太漂亮，不會下廚，方向感又差，對金錢也沒什麼概念，加上濫好人的個性……」

我、聽、不、下、去、了！

「喂！我怎麼樣都不關你的事吧，莫名其妙！」

他不怒反笑，黑眸襯出戲謔的光芒。「當然有關係，除了我，妳別無選擇。」他想了想，驕傲地補充道：「不對，沒有比我更好的選擇了。」

「我不選總行了吧。」我和平時一樣跟他打哈哈，沒多細想他話裡的含意。

「無條件進位，這倒是為我省掉很多程序。」他來回撫著下巴，表情煞是輕鬆。

睨了他一眼，不想和他周旋在無意義的事情上。我試探道：「所以應該……不打算追究吧？」

「妳先回答我的問題。」

我停頓了一下，「你問什麼？」

「難道妳不喜歡我？」

我愕然，這是測試嗎？

我的猶豫使他高傲的眉峰微微上揚，彷彿只要我一說「不」，他就會把我踹下山。

為了小命，我只能說出善意的謊言。「呃，喜歡啊，我喜歡你啊……」捂住嘴，回答太快了！

他果然露出計謀得逞的笑容，委屈道：「哦是嗎，既然妳都這麼說了，我也只能勉為其難接受妳。」

我剛剛……被套話了？

我所期待的在海邊唱情歌給我聽的男朋友呢？在滿天星光下輕輕覆在耳旁，帶著磁性嗓音、溫柔帥氣地對我說喜歡妳的那個他呢？

好，沒有這些過程我無所謂。

但，我從來沒想過我會和他在一起啊！

我以為和喜歡的人在一起，就會變成全世界最幸福的人。

沒有人告訴我，交往後才是面臨挑戰的開始。

開始擔心他不回我訊息時是不是跟別的女生在一起？和別的女生有說有笑是不是覺得我很無趣？這麼晚還沒回來是不是厭倦我了？

「以前天塌了都沒妳的事，還是每天笑得像個傻子。」蕙央悻悻然道：「都說男朋友不是好東西，如果還是非人類等級，這個醋都要吃到胃穿孔了。」

一旁的安恬兒不屑地嗤了她一聲，「吃不到葡萄說葡萄酸。」

看著她們又打起來，我低聲說道：「我也不喜歡這樣，感覺就像妒婦，變得不像自己，很怕做錯一點事就會被他討厭。」

明明以前他怎麼樣都不關我的事，別人眼中的他多好多優秀也與我無關。

我只要想著今天走哪條路遇到他的機率最低，開會問話我能順利回答就好了。

現在我卻天天過得戰戰兢兢。

不是說兩人在一起幸福會加倍，而且每天都恨不得能黏在一起？但我為什麼只覺得好累、好累。

我不斷說服自己薛赫喜歡的是我，不管發生什麼事他都不會離開。

可是，他從一開始就沒給過我任何承諾。

「妳記得我們第一次相遇的時候嗎？」他忽然問。

從深遠的思緒回過神，「嗯。」回憶一點一滴跳進我的腦海。

記得那天，天氣微寒，秋意濃厚，空氣中夾雜著些許的涼意。啪沙啪沙，腳下傳來的是陣陣清脆的橙黃落葉聲。

狂奔在林蔭大道上，顧不得在風中凌亂的頭髮，真希望此刻有哆啦A夢的任意門，讓我一秒就能到學校後門的書店。

「小姐不好意思，《最後一頁》在十分鐘前就被買光了哦。」

「什麼！」由於音量過大，書店裡的其他人紛紛看了過來，我急忙捂住嘴。「你說十分鐘前嗎？」

店員點了點頭。

「那什麼時候還會再進貨？」

「妳也知道作家F. N. S所有出版的書只會上市一次，之後就要靠運氣或買二手的了。」

「二手……她是神等級的作家耶，誰會把她的作品賣掉啊！」我哀嚎。「吼！就差那十分鐘……就那十分鐘……」我垂頭喪氣地走回宿舍。

「我等F. N. S出書等了三年欸！……可惡，那些買書的傢伙千萬別讓我遇到，否則……」我邊說邊踢著腳邊的落葉，卻在下一秒看見骯髒濕黏的落葉被我一腳踢到前方那人的球鞋上。

我們同時停下腳步。

我錯愕得張大嘴，全身僵硬了數秒，隨即才反應過來。「對、對不起……哇啊——」想上前一步致歉，熟料腳底一滑，慌亂之中我抓了那個人的衣角，結果還是狼狽地跌坐在地，發出碰的好大一聲。

嘶！

我吃痛地揉著屁股。

抬眼，俊挺的五官，深色瀏海柔軟的覆在額頭上，他動作從容優雅地穩住身，繃著臉低頭俯視我。「妳沒事吧？」

渾厚沉穩的嗓音環繞在我的耳際，有些不真實，直到他用狐疑的眼神掃了我一眼，我才回過神，傻傻地點頭說沒事。

以為他會上前拉我起身，我伸出手，卻見他雙手環胸站在原地，表情冷淡高傲地由上而下看著我。

「……怎麼了？」他該不會對我有意思吧？哎唷！胡思亂想什麼，討厭啦！

「妳坐到我的書了。」

慌亂之中我趕緊起身，撿起那本連書名都沒有的全白書本。有點眼熟，於是我翻開內頁，「《最後一頁》！」我指著書大叫，「這是你買的嗎？」

對方揚眉，「是，有什麼問題？」

我無奈地仰天長嘆了下，接著厚著臉皮問道：「可以……請你把這本書讓給我嗎？」

「妳覺得呢？」

我沉吟了幾秒，露齒一笑。「可以。」

「不行。」冷著臉，他伸手想拿回去，我卻將書緊緊抱在胸前，後退幾步，說什麼也不放手。

「我付你雙倍的錢！」

他面無表情地朝我伸出手，一點商量的餘地都沒有。

「拜託，我沒有它不行。」拿出哀求攻勢，「不然三倍，或是你說個價錢，我都可以接受，好不好？」

嗚嗚，我這個月的生活費……

「給我。」儘管對方表情冷淡地抿著唇，依舊有股強大的低氣壓不斷凝聚。我縮了縮身子，心裡有些害怕。

但這本書說什麼也不能放手！我最崇拜的作家，她的每一本書我都搶到了，更別提這本據說是她的退隱之作，身為忠實讀者的我絕對不能錯過！

「真的不考慮一下嗎……」

他一個跨步，毫不憐香惜玉地一把搶走我懷裡的書，「妳連讓我記住的本事都沒有，何來考慮？」

呀！這傢伙一開口就讓人全身上下都不舒爽呢，果然只有外表有看頭，內在根本是一團爛泥巴。

可是，為了他手上的書，我一定要忍！

「那要怎樣你才願意把書讓給我？」

對方頓了頓，側身噙起一抹十五度角的笑，近距離發現他的膚質還滿好的，雖然很不甘心，不得不說這個人長得真的很好看。

「有。」

「什麼？」

「立刻從我眼前消失。」說這話的同時，他斂起嘴角，沒有半點玩笑意味。

眼看他轉身就要走了，身為一個女孩子的我，居然能拋棄所有道德廉恥，以及楊家祖宗十八代的面子，無節操地從後方抱住他。

「求你了——」

他的身體一僵，下一秒焦躁地大吼，「妳在幹什麼？快把手放開！」

「不要！我不要！除非你答應我！不然我死也不放手！」我拿出高中打掃時，一次抬兩桶水的臂力，緊緊抱住他不放。

他低咒幾聲，兩人糾纏了一陣子，圍觀的學生愈來愈多，還以為上演分手擂台，紛紛拿起手機喀嚓喀嚓拍個不停。

我死死地抱緊他，這小子身材不錯，腰側幾乎沒有贅肉。我搖搖頭，直到耳邊傳來他放棄的聲音，我迅速恢復理智。

「好！這本書是妳的了，行了嗎！」

「真的？謝謝你！」我興高采烈地鬆開手，傾身想抽走書，倏然，他手一抬，任由我怎麼跳上跳下就是搆不著。

我疑惑地看向他。

「這是交易，妳得拿出妳的誠意。」他說，嘴上的笑意不達眼底。

之後便是我人生墜落谷底的開端——徹底成為太上老爺隨傳隨到的丫鬟。

「這是妳第一次見到我，卻不是我的第一次。」

我下意識地蛤了一聲。

「妳果然不記得。」

「我們在其他地方遇過？什麼時候？」

他這個人與「低調」二字完全不搭嘎，如果我見過，絕對不可能忘記啊。

「圖書館。」他淺淡地笑了笑，「大一入學的前一天，九月十五日。」他詳細說出日期。

這麼久的事我怎麼會記得，何況我大學只要一沒事就往圖書館鑽，吹免費的冷氣、看小說。

「我對你做了什麼嗎？」我試探性問道，他會記得表示我一定做了什麼讓他「印象深刻」的事。

「沒有，妳什麼也沒做。」他說，溫柔舒服的聲音，彷彿帶著我到回到當時的情景。

「妳坐在位置上安靜地看書，沒有抬頭，沒有發現我在看妳。」

「有這回事？」千萬別跟我說一見鍾情這種偶像劇情節的事，不過他要這麼說我也沒辦法阻止啦，畢竟太有魅力也是……

「別想太多，我一開始對妳沒有任何感覺。」我故作輕鬆地聳肩，怎麼我在想什麼他都知道！「單純只是妳的手機震動聲很吵，引起我的注意。」

無論經過十年、二十年，薛赫都有一種讓人從天堂瞬間掉到地獄的能力。

「哦，對不起。」我替當年的自己向他道歉。

「我接受。」他厚顏無恥道。

「聽你這麼一說，那時候好像是我和蕙央約好要吃飯，可是我忘記了，所以她才一直打來。」

「妳匆忙走後，學生證和書都忘在桌上。」

「對！後來陶淵拿來還給我。」因為當時他在圖書館幫忙借書還書的工作，說有人撿到我的學生證，還說對方一臉尖嘴猴腮，我也沒想太多，應該是真的長得很猥瑣吧。

「是我拿給他的。」

「噗。」我不小心笑了出來，薛赫一臉疑惑。「沒事，剛好想到一件好玩的事。」

薛赫說當時他本來不想理我，但不知怎麼，離開前還是拿到了櫃台給圖書館員，也就是當時在值班的陶淵和梓瑩。

而當他替我還書時，梓瑩以為是他有在關注 F. N. S 這個作家，和他閒聊幾句，兩人才因此認識，也難怪陶淵會心裡不平衡。

但其實薛赫根本不知道梓瑩口中的作家是誰，只是因為對方熱情地和他討論，他不忍心打斷話題而已。

「那本書是你原先要買給梓瑩的吧，難怪說什麼也不肯轉賣給我。」啊，怎麼不知不覺就講出來，這樣感覺我很在意一樣。

薛赫彷彿看出我的不悅，唇角上揚得厲害。「事實上並沒有刻意要買給誰。」

我一愣，「那你幹麼不讓給我？」

「我記得沒錯的話，這位作者是名列全國前五的暢銷作家，而她的書只出版一次。」

「沒錯啊。」這幾年她的人氣依舊只增不減，當時她首辦的巡迴簽書會我也去了，萬萬沒想到她居然是個和我同年齡的女生，不光是我訝異，甚至震驚了全世界。

「時間是最好的增值工具，要是我在五年後甚至是十年後，將這本書高價售出，妳覺得我能賺多少？」

我差點爆出髒話，

「……你真的是徹頭徹尾的奸商！」

彎唇，他不置可否。

「所以早在那時候我就記住妳了。」

「……」

「妳倒是很悠哉地不斷和我擦身而過，連回望都不曾有過，輕易地將我推給別人，徹底不把我放在眼裡。」

他淡然地描述這一切，其實根本就是指控。

「我那時候又不認識你……」

「所以我把妳帶進我的生活圈，這樣就算妳想忽略我也不行。」我深深懷疑他的口才已經能把所有作姦犯科的事說得理所當然，殺人放火都能被原諒。

「你、你心機超重的耶。」而我罵人的程度就是這麼小兒科。

「妳只有一次機會，要或者不要，選吧。」

「現在？」

「妳說呢？」

「等等啦！至少要給我點時間啊。」

「現在，這裡，講。」

我看他，他看我，完全沒有退縮的可能。

「我……」吞了吞口水，好緊張哦。

門外，「喂！別擠啦！」

「小聲點！被老大他們聽到我們就死定了。」

「幹！你最大聲！」

忽地，咚咚幾聲，門被推開來，一群人東倒西歪，遍地哀嚎。

「吼白痴欸！都說不要推了！你看看現在怎麼辦？」

「不近一點怎麼聽得清楚他們講什麼啦！我可是賭了三千他們會親嘴！」

「你們幾個……」

「我們是在偷聽，你那麼想聽清楚不會自己進去哦！」

「我說……」

「不要吵了啦，你們這麼有種就直接問老大啊。」

幾乎是同時，在我想出聲提醒他們這裡是醫院時，一道開天闢地的咆哮聲傳遍整棟醫學大樓。

我連再見都還沒來得及說，四道光影連電梯也不搭，就直直衝出大樓，駕車逃離。

「奶奶回來了，那我就先走了。」逮到好機會！先逃為妙。「奶奶我們下次見哦。」我朝她老人家頷首。

奶奶表情有些錯愕，和我一樣舉起手揮了揮。「……啊，好，路上小心。」

❖

「我去上班了。」

「手機、手機啊，都幾歲的人了，還老是忘東忘西。」

我搔搔頭，「哦媽對了，那個啊……其實我有件事很早就想跟妳說。」

聞言，老媽停下手邊的工作，示意她正聽著。

餘光瞥見楊氏父子也正豎起耳朵偷聽，「楊太太，妳真的超正！」我彎起大拇指。「我出門啦。」

老媽忍不住笑了，「真是。」

唉——

我說不出口啊，連發出ㄒㄩせ的音都不敢。

打開車門便接到蕙央來電。

「今天陶淵上午不在，我打算晚點再進工作室，妳也多睡一會兒吧。」

應聲知道了便掛上電話，既然早上沒什麼事而我也已經出門了，不如就去看看她吧。

發動引擎我往事務所開去，坐在車內，我猶豫著要不要下車，見了面會不會只是讓梓瑩更不知所措？而我到底又能幫她什麼。

突然車窗傳來叩叩兩聲，我循聲看去，映入眼簾的是梓瑩美麗的笑顏。

我尷尬地笑了笑，她朝我比了手勢，說她在隔壁咖啡廳等我。

咖啡廳裡播放著悠揚的音樂，濃純的咖啡香味四溢，偶爾傳來人群的交談聲，一切看起來如此祥和。

「薛赫他還好嗎？」

「嗯，沒事。」

她鬆了一口氣，「那我就放心了。」

「妳怎麼不去看看他？」

「我沒臉去見他。」梓瑩自嘲道。

「有什麼關係，又不是妳讓他受傷的，不需要責怪自己。」

「這段期間妳難道都不怪我？」梓瑩帶著愧疚，小手緊握成拳。「是我讓你們分開，是我惹出這一串風波，都是因為我，所有人才變得不幸！」

「老實說我很謝謝妳。」

梓瑩不可置信地睜大眼眸。

「謝謝妳讓我成長了許多，一直以來我始終待在無風無雨的溫室，以為當下就是最好，是妳讓我有勇氣踏出這片土地。我和薛赫會分手不是妳的錯，是我太沒有自信、太懦弱，以及對他的不信任，那才是造成我們分手的主因。」

「小晴……我、我真的對你們感到抱歉！我的自私傷害了這麼多愛我的人……」

「誰不會犯錯，重新來過一點都不嫌遲。學姊這麼漂亮，學歷高，又煮得一手好菜，誰不愛啊？我是男人就追妳了！」我拍胸道。

「追誰？」

我抬眼見到梓瑩身後站著的男人，嚇得差點從椅子上摔下來。

「你什麼時候出院的？」

他朝梓瑩輕輕點頭，拉開我身旁的座椅。

「男朋友出院都不知道，還有閒情和別人喝咖啡。」

努努嘴，「……你又不是我男朋友。」

「我有說妳是我女朋友了？」

我瞪著拿走我咖啡喝了一口的男人。

梓瑩撐頰，輕鬆地吁了一口氣。「啊！真是好久不見的鬥嘴場景。」

「妳的事處理得怎麼樣了？」薛赫很乾脆地切入正題。

「判他傷害罪不成問題。」

「那就好。」

「以往念在夫妻一場不想讓他太難看，但他三番兩次挑戰我的底限，已經無法坐視不管。我要讓他傾家蕩產，讓他關個十幾二十年，讓他知道老娘向來就不是他惹得起的對象。」

聽完梓瑩霸氣的宣言，我被她身後的萬丈光芒震懾住，真是太帥了！

我雙手交握在胸前，崇拜地望著她。

薛赫大掌一遮，阻斷我不斷對梓瑩發送的星星光芒。我不滿地揮開他的手。

「有什麼需要幫忙的再跟我說，透過這個傢伙告訴我也行。」薛赫簡單地交代幾句，便拉著我起身。

「喂！你幹麼？我還不想走，水果塔沒吃，還有好多話要跟梓瑩說耶。」

「我們先談。」

「談什麼？」

「談戀愛。」

我一僵，他笑得不懷好意，我剛剛到底聽到了什麼……

同時，我聽見梓瑩曖昧地掩嘴輕笑，我的小臉轟得一陣緋紅。這人說話都不懂得看場合欸！

於是，我在眾人奇怪的眼神中被拖離現場。

「你的車呢？」

「我沒開車。」

「那你怎麼知道我在這？」

「心電感應。」

「那你應該感應到我現在多想把你踢下車。」

他聳肩。

我看了一眼手錶，「這時間你不是應該在公司嗎？」

「公司給了我兩個禮拜的養病假。」

「那請問你現在是……？」我看著已經自動自發繫好安全帶，坐在副駕駛座的男人。

「家裡悶。」

「四大彩子呢？」

「忙。」

我也很忙啊！

「奶奶不在家嗎？」

「參加環島團，一個禮拜都不在。」

她老人家果然一刻也閒不住。

「那趁這機會去做你想做的事啊，例如逛書店啊、吃美食啊，見見老朋友之類……」就是拜託別糾纏我。一旦他在身邊，我的腦袋幾乎失去功能，只能看著他，什麼都無法思考。

我現在真的很需要一個人靜一靜。

「我正在做。」

「做什麼？」不就一大早像個流氓來堵我，惹得我不得清靜。

「如果沒意外的話，晚上會和妳家人一起吃飯。」他滑著手機，「西式料理怎麼樣？如果不喜歡的話可以換。」

我緊急踩了煞車，他神情自若，俊臉不見任何驚慌。

「你說什麼？」

「我之前說過了。」

「絕對不行！」

「我並沒有要徵求妳同意的意思。」他笑瞇了眼。

「呀！薛赫！這不能隨便亂開玩笑。」

他頓了頓，「我一直都很認真。」

同時，他臉上的笑意不知何時已經消失得無影無蹤。

❖

「他是晴姊帶回來的客戶？天啊好帥哦——」

「哇哦哦哦哦！連翻個書都像在拍雜誌。」

「不不不！這你們就不懂了，一看就知道他們的關係不單純。」裡頭一位對愛情有著無限憧憬的工讀生，仔細分析道：「眼神、眼神！看對方的眼神完全不一樣！」

「上班時間誰還在給我偷懶！當心被扣薪水啊！」蕙央吼了貼在玻璃窗前的一票工讀生。

他們一溜煙地回到工作崗位，眼神還不時瞄了過去。

「我叫妳晚點上班，沒讓妳帶發電機回來。」蕙央將苗頭指向我，「還是這種老佛爺等級，我們這小廟可供奉不起。」

我無力地癱在桌上，轉著手上的筆。「妳以為我願意啊……」

「你們現在是怎樣，之前是一見面就想把對方剁成八塊，現在是分開個一秒鐘都不行？真是對奇葩情侶。」

我沒好氣地看了一眼蕙央，已經不想再糾結我們不是情侶這點了。「他今天要和我家人吃飯，妳覺得我該移民還是先叫救護車等著？」我簡潔扼要地說出我的處境。

蕙央瞪大眼，「我不知道你們已經進展到論及婚嫁了。」

唉，身邊果然沒一個靠得住！

我猛然一起身，「先別說這個，要是待會陶淵來上班……」遇到等同於殺父、弒手足的萬年敵人，即便薛赫完全將他視為空氣，陶淵一個人還是能自導自演。

「各位今日可安好，在下……啊！」尖叫聲，貨真價實的男人尖叫聲，「啊！啊！啊——」還是連續不斷的那種。

扶額，我仰頭朝天花板無力地嘆口氣，該來的總是會來……

那聲淒厲的尖叫聲引來所有人的注意，我和蕙央相視接著白眼往上一翻，雖然不想牽扯進去也沒辦法，誰叫他現在是我們的上司。

「好久不見。」薛赫倒是從容，眼裡的戲謔沒少過，戲弄陶淵這件事他永遠樂此不疲。

陶淵被嚇得不輕，狼狽地扶著大門，我都能聽見他牙齒的打顫聲。他故作冷靜，結巴卻背叛了他，

「……你、你怎怎麼在這？」

「等人。」簡單兩字更是讓陶淵冷汗不已。

「我、我嗎？」陶淵吞了吞口水，挺起胸，指著自己的手指卻抖得厲害。

我真懷疑大學時期薛赫到底對陶淵做了什麼，導致他心靈創傷嚴重。

薛赫含笑搖頭，「不是你，別擔心。」正當陶淵微微鬆一口氣時，薛赫又說話了，「不過，能否請你今天讓好晴早點下班。」

聽到「請」字，陶淵差點跪地，但神奇的是，下一秒他像是被注入滿滿的能量，整個人忽然多了些氣場，抬頭挺胸整了整衣襟，俐落地甩開扇子，清了清喉嚨。「哦！你想拜託在下讓 Miss 楊早點下班？」

不知道是不是我的錯覺，「拜託」二字說得特別重，而且我什麼時候成了 Miss 楊？

「是。」

陶淵的 MP 和 HP 像是受到加持，戰力提升，還能裝模作樣地將手扶著下巴，走著類似伸展台的步伐皺眉思考。

我和蕙央徹底無語，陶淵對薛赫的妄想症究竟有多嚴重，怎麼能把他基於禮貌的「請求」，解讀成對方好像跪下來朝他磕頭一樣。

「嗯，讓在下好好想想，該怎麼回應你這個請託呢？」薛赫也由他去，陶淵在此時看了我一眼，我朝他使了眼色，絕對不行啊！

「我今天自願加班。」我用唇形告訴他。

「啊？晴妹妳說啥？」

我猛搖頭，感受到薛赫「友善」的目光，我若無其事地看向窗外。

轉著眼，我再咳了幾聲，陶淵這次倒是會意過來，瞥了我一眼，「咱們雖然是大學時期的友人，但在下自有原則在，身為表率恐怕不宜……」

「哦對了，」薛赫漫不經心地翻著雜誌，皺起好看的眉宇。「梓瑩今天下午三點要跑一趟法院，我在想萬一路上遇到什麼危險就不好了。」薛赫話中有話，「怎麼辦？我目前也不方便開車接送她。」

薛赫出招了！

在我出聲制止的前一秒，陶淵已自告奮勇地舉手自願。「請讓在下代勞！」

薛赫手扶下巴，佯裝思考，像是經過一番掙扎後才勉為其難地將接送權交給陶淵。「既然如此，就交給你了。」

阻止的手還停在半空，我全程目睹陶淵跳著奇怪的步伐，像一陣風似的轉出工作室。

一旁身為忠實觀眾的蕙央有感而發地嘆道：「牛牽到北京還是牛，陶淵永遠只有聽命於薛赫的份。」

但管他陶淵是牛還是原始人，薛赫下一個處理的人是我啊！

第十章　小情小愛

耳邊傳來沸騰的歡呼聲，伴隨著鳴槍，場外爆出陣陣加油聲，小毛頭們用著肥短的小腳奮力向前跑。矮小的個子穿梭在我們周圍，薛赫高大的身影在他們之中特別顯眼，看著他小心翼翼地橫越小鬼頭們，莫名很有喜感。

「笑什麼？」

收起笑，我連忙搖頭，忽然幾個橫衝直撞的小學生打打鬧鬧地朝我這邊跑來，我嚇了一跳，薛赫則敏捷地擋在我跟前，避免他們撞上我。

「乍看之下還以為你們是同班同學。」他壞心眼地說著。

「拿我跟這些毛都還沒長齊的小屁孩比，會不會太過分了！」

他轉頭打量了我一下，「嗯，我的錯。」

「唔，這還差不多……」

「高估妳了。」

「欸喂！」

他不客氣地哈哈大笑，摸了摸我的頭，帶點撒嬌的口吻朝我說道：「牽我。」

我愣了愣，對於他總是說要就要的無賴要求，感到啼笑皆非。

「我怕妳找不到我會哭。」

我翻了一個白眼，「並不會好嗎！」

「我會。」

聞言，對上他蘊含著濃濃笑意、宛若深潭的雙眸。

「……真的很麻煩耶你，跟三歲小孩一樣。」嘴上雖然嫌棄，但我還是上前牽起他的手。

「奶奶說的小孩是哪一班？」

就在幾小時前，陶淵走後不久，薛赫就接到奶奶十萬火急的來電。

「孫子啊，我的乖孫，你現在在哪？」隱約能從薛赫手機裡聽到奶奶焦急的聲音。

他看了我一眼，我連忙搖頭讓他不准說……「和好晴在一起。」

「不……」我閉眼搥胸，才終於壓下心中熊熊的烈火，以免衝動失手掐死他。

接下來我看見薛赫皺眉，久久沒有說話，從外頭玻璃窗那又看了我一眼，我趕緊低下頭裝忙，不想讓他發現我在看他。

我想著爸和哥重新見到薛赫該是什麼表情，大學交往期間我只帶他回家過一次，那次經驗就足以讓我永生難忘，不知情的外人可能會以為我們在商討什麼國家大事，其實只不過是我交了男朋友這種雞毛蒜皮的小事。

當時大概是我認識薛赫以來，知道原來他的世界裡還有「緊張」這種情緒，想起他在爸面前一個口令、一個動作的模樣，讓我不禁覺得好笑。

「什麼事這麼好笑？」

盯著他忽然放大的臉，還有工讀生齊齊發出的抽氣聲，我困窘著臉，將他推離。「沒事——」

他笑了笑，「東西收一收，我們要去一個地方。」

「去哪？我還沒下班。」

「老闆不在。」

「我是優良員工，不能翹班。」

他挑眉，「這和妳早上做的事有什麼不一樣？」呃，當場被抓包。「車鑰匙給我，我在停車場等妳。」

嘖。

之後我們抵達一個充斥著孩童歡笑與尖叫聲的地方——小學。

薛赫告訴我，奶奶前陣子閒來無事，跑去醫院當志工，認識裡面不少住院的孩子，其中一位叫小翼。

小翼出院前，奶奶承諾會在運動會這天來看他比賽，但事後壓根兒忘了這件事就出門環島了。

半途接到小翼提醒她的電話，才趕緊讓薛赫代班，因為小翼的父母為了前陣子的住院費用得多加點班賺錢，無法請假參加他的運動會。

小翼這孩子難過得鬧彆扭說不參加了，還是奶奶勸了好幾回才讓他回心轉意。

「四年八班。」

「只要看他比賽就可以了？」

「照奶奶的說法是這樣。」

我們並肩往小翼的班級走去，正詢問導師小翼在哪時，只見一個瘦小的身影蹦蹦跳跳地跑了過來。「小赫哥哥、晴姊姊你們好！」手臂貼臀，小翼可愛地朝我們鞠了個躬。

天啊！太有禮貌了！「你好啊，你就是小翼吧？」

「嗯！」

「奶奶今天有事不能來，讓我們來看你比賽，希望你不要介意哦。」

「嗯！奶奶都跟我說了，她說會有哥哥姊姊來看我比賽。」小翼笑嘻嘻說道，「哥哥很嚴肅都不笑，像是別人欠他幾百萬一樣，姊姊很漂亮活潑，這些真的都跟奶奶說的一樣欸！」

我笑咪咪道：「哇啊！我們小翼真的好可愛。」同時餘光瞄見薛赫的臉黑了一半。

「大會報告！請四年級各班參加四百公尺的選手到操場集合，大會報告請……」

「哦，輪到我了！」小翼興高采烈地叫著。

「加油！姊姊會在這裡看著你哦。」我做出打氣的手勢。

小翼用力地點點頭，跑向集合地點。

我們坐在休息區，好久沒這麼熱血沸騰了，我東張西望搜尋小翼的身影，不想錯過精彩的畫面。

「我覺得小翼有可能會得第一名，感覺他就是個運動健將。」我用手肘推了推身旁的薛赫，止不住雀躍。

「嗯，然後呢？。」

「你不覺得就跟你自己的小孩運動拿第一，考試一百分，一樣讓人驕傲嗎？」

「我沒有小孩，感受不了。」他歪頭，勾唇。「再來，我還單、身。」他的笑意更深了。

我了然地對著自己的嘴巴做出拉上拉鍊的手勢。「哦……當我沒問。」迅速終結這個「敏感」話題。

小翼果然不負眾望拿了第一名回來，我和他開心地拉著手繞圈圈，薛赫在旁極度想裝作不認識我們。

最後一項活動是借物大賽，也就是小朋友要從坐在觀眾席裡的父母、親戚朋友中借東西。前面幾樣物品都很容易，外套、手錶、耳環這些平時都會帶著的東西，而小翼也是每一回都卯足全力地進行競賽。

好不容易剩下最後一項物品，我被現場緊張的氣氛感染，全神貫注地看著台上的主持人。

這可是攸關我們小翼能不能拿第一啊！

「最後一個任務是——請小朋友的爸爸、媽媽上台！」

語畢，現場一片吵雜，台上的小朋友趕緊跑向父母，獨獨小翼一人留在原地不知如何是好。

他垂頭喪氣地走了過來，快哭出來的模樣讓人心疼。「姊姊我們輸了，我這麼努力還是……不能拿第一……」

小翼的淚啪答啪答落下，我蹲下身拍著他的背安慰他，爸媽沒來參加已經夠難過了，現在連比賽都受影響。

他開始嚎啕大哭，我朝薛赫投以求救眼神，他老大一副與我無關我只想快點回家的敷衍態度。

我也不奢望他了。

於是，我靈機一動，「小翼！誰說爸爸媽媽沒來參加？這裡就有啊！」我起身勾住薛赫的肩膀，「反正關主也不知道你爸媽長什麼樣，你就帶著我們上台完成任務。」

小翼停止哭泣，快速擦掉眼角的淚水，漾起大大的笑容。「姊姊好聰明哦！我都沒有想到，那我們快點上台！」

「好啊。」

我與沖沖地想跟上，卻發現某人沒有移動的跡象。「你不走嗎？」

「我應該有權利說不吧。」

「只要假裝一下子就好了。」我推著他向前走。「早點結束我們也可以早點回去啊。」我拐住他的手臂，怕他大爺直接走人。

小翼見狀也上前拉了拉薛赫的衣袖，水汪汪的眼神讓人完全招架不住。薛赫對可憐兮兮的眼淚攻勢最沒轍了，嘆著氣走上台。

雖然晚了幾分鐘，但還是成功進入前二十五名。

「這是我們借物大賽最後最後的項目，請爸爸媽媽準備好，算是給今年運動會一個完美的落幕。」

我與對面的薛赫交換了不安的眼神，心裡一緊張，難道不是上台就結束了嗎？

「請爸爸媽媽給另一半三十秒的 kiss。」

轟！我的腦袋一片空白。

舞台此刻播放了一首抒情音樂，台下鼓譟一片，用來加油的口哨和喇叭齊聲響起。

受到熱鬧氣氛的影響，原先尷尬杵在原地的父母們也不知是誰先起頭，轉眼全親成一片。

感受衣角被人扯了扯，我低下頭看向小翼天真無邪的臉龐，「姊姊你們不親嗎？」

「啊……」拉了好長的音，卻遲遲給不了他肯定的答案。「小翼，姊姊告訴你，雖然我和小赫哥哥很要好，但其實我們不是那種……」

「奶奶說你們是男女朋友啊！」小翼眨著靈動的雙眼，「我知道男女朋友可以親親哦！隔壁班的正南和倪倪都會趁下課大家不注意時偷親親，我有看到哦。」小翼自豪地說道。

現在的小孩都這麼早熟嗎？

「快點嘛，不然老師就不會給我獎牌了！」小翼抓著我的手不斷哀求。

我轉過身重新面對薛赫，看他一臉春風得意的模樣我就有氣，他張開手絲毫不抗拒，漾起笑迎接我。

「我準備好了。」

這個人到底可以厚顏無恥到什麼地步！

「我先說好哦，我真的不想對你怎麼樣，都是這個莫名其妙的比賽所以我才……唔！」

我瞪大眼。

微微拉開唇與唇之間的距離，他輕輕低喃，聲線誘人。「妳話太多了。」

趁我措手不及之際，他帶著侵略之姿襲上我的唇，當兩片柔軟的唇瓣碰觸在一塊時，他的氣息也撲天蓋地湧上，溫柔卻堅定得不留一點空隙。

「我之前就是對妳太好，尊重妳的意見決定等妳，所以讓妳一拖再拖。」他低聲說著，被他吻得暈頭轉向的我，腦袋糊成一團，無力反駁。

「現在我知道了，想要留住妳，」帶著自信的笑容，他說：「就得讓妳連逃走的機會都沒有。」

語畢，他輕輕地笑了，笑聲還是一如既往的好聽。

見他傾身又靠了過來，我驚愕地後退幾步，「三十秒，已經超過三十秒……」

他仰起專屬他的十五度角笑容，耀眼得讓人無法抵抗。「這樣子啊，那表示接下來的時間由我決定了。」

「等等！薛赫！」

我被他一步步逼向一個鮮少人注意的牆角，「說妳願意。」

「我……為什麼要？我不要！」

「不要的話，」他雙手抵住我身後的牆，「只好親到妳說要為止。」

「這裡很多人哦！你不要亂來！」

「有什麼關係，他們都老夫老妻了，什麼噁心浪漫沒見過？」

「你真的不適合走這種路線啦！」我試圖找個縫隙要鑽出去，但努力了一會兒，我還真的無路可退了，

「不試試看怎麼知道。」

「好，我願意、我願意！我超級願意！」

這變態露出滿意的笑容，「既然妳這麼迫不及待想跟我在一起，OK，就這樣吧。」

可惡！這傢伙什麼時候尊重過我的意見！

「薛赫我們打個商量好不好？」

聞言，他挑起眉，深邃的眸底滿是笑意，從運動會結束後就一直笑得異常閃亮。

「免談。」

但說話還是很沒人情味。

「我都還沒說耶——」

「我也不是第一天認識妳。」

哼哼兩聲，我繼續用著龜速前往學校停車場，一步兩步再停下來幾秒鐘，反覆兩三次後，走在前頭的薛赫忽然側過身道：「是要我抱妳？」

認識他也滿久的，我知道他的世界從來沒有「開玩笑」這三個字，這人到底有多無趣啊？

為了避免被全校師生看見一名女子被扛在路上的奇景，我只好心不甘情不願地加快腳步走到他身邊。

想起還沒跟家裡說這等同於頭條新聞的消息，「我先打個電話跟他們說。」匆匆從包包裡拿出手機，解鎖後，聽見耳邊同時傳來幽幽嗓音，我差點把手機摔飛出去。

「我已經說了。」

「你什麼時候……不對！那他們說了什麼？」我緊張地問道。

他無奈地接過我手上快掉下去的手機，另一隻手很自然地牽起我的手。

「沒說什麼，就讓我過去。」

我緩慢地解讀這段話，「你、你確定不穿個防彈衣或是盔甲之類的嗎？」

他嘆口氣道：「楊妤晴，妳腦袋到底都裝些什麼？」

「哪有什麼啊，就跟你一樣。」

語畢，我愣了愣，而他似乎也發覺了，俯視我，噙著好看的十五度角笑容。

想起這樣的對話似乎曾出現在我和他的回憶中。

我感嘆道：「我們怎麼能這麼沒創意呢，說的話、想的事都和以前一樣。」

「沒什麼不好，至少最後牽妳手的人還是我。」

經他這麼一說，我下意識看了一眼我倆自然交握著的手，停頓了一下，然後像是觸電般的急急甩開。

「這可不是你隨便就可以牽的。」我寶貝地護著自己的手，口吻意外像是個想撒嬌的叛逆小孩。

薛赫看了這一幕，帶著寵溺的目光，低聲笑了，微微歪頭。「我也不隨便牽別人的手。」

語落，他再次牽起我的手。

夕陽將我們的影子拉得長長的，踏著暖橘色的餘暉，我們帶著淺淺的笑容，融入一片橙黃之中。由衷的。

「等等！」我抓住他的手臂，阻止他按門鈴的舉動，「……再等一下。」我的聲音弱了幾分。

吸氣，吐氣。

再吸氣——再吐氣——

不行啊！無論怎麼重整心態，告訴自己一切都會沒事的，心裡還是亂糟糟的。

我還沒準備好啊！

「我們今天真的、真的不能就這樣算了嗎？」

他搖頭。

第五次了，按照他的習慣，已經遠遠超過他的忍耐極限，但此刻他眼裡的溫柔卻如此真實。

薛赫用手揉揉我的頭，「沒事的，和平常一樣就好。」我看向他久久不能移開眼神，他總是這樣，一句話就能輕易地帶走我的不安。

他給了我一記帥氣的笑容，「太喜歡我了，所以捨不得我被伯父罵？」

頃刻間，我的感動瞬間煙消雲散，大概是因為在家門口，有強力後盾的關係，我大膽地肘擊他的腰側，看著他吃痛的模樣，我踏著愉快的步伐轉身走進家門。

「我回來了。」發現室內漆黑一片，我打開玄關旁的電燈開關。「都出去了嗎……」

我看了牆上的時鐘分明才六點半，這時候通常會聽到老爸將電視開得很大聲，還有媽在廚房炒菜的聲音。

怎麼現在……安靜得有點詭異。

我看向薛赫，他示意先進去再說。

我們摸黑一起走進客廳，他說他到二樓去看看，我應聲好，接著準備打開電燈時，耳邊傳來窸窸窣窣的聲音，我停頓了一下，聲音也跟著停了。

我不疑有他地按下開關，同時間一道人影急速閃過，驀地一道龐大的陰影籠罩在我眼前，齜牙咧嘴的模樣，讓我一時反應不過來。

「吼啊——！」

「哇啊啊啊啊！」

「怎麼了？」薛赫快步從樓梯跑了下來，我飽受驚嚇地看著他，他毫不猶豫地緊緊將我圈在懷裡，我也自然的環抱住他的腰際，能清楚感受到他胸膛劇烈的心跳聲。「我在這。」

周圍一片光亮。

「臭小子！還不快放開！」

將恐怖面具拔下來的老爸，氣呼呼地拍著薛赫的手臂，將我拉到他身後。

「沒良心的東西，怎麼還有臉踏進我們楊家！」

「老公，不是你叫人來的嗎？」媽一臉無奈，「薛女婿……啊不，薛先生你先請坐，再一下就可以吃飯了。」

薛赫朝兩老微微頷首。

「誰讓他吃楊家的飯？我只是把他叫來罵幾句！」老爸氣勢磅礡地大聲嚷著。

我咳了幾聲，「爸，我們要不要先來說說你那頂面具是怎麼回事？」我笑咪咪地打斷他，老爸渾身一顫。

他像個做錯事的小學生，抱著面具坐在沙發上面對我的審問。

「……妳哥那小子提議，說如果讓妳看到這傢伙嚇破膽的醜樣，妳就會唾棄他，誰知道嚇錯人……臭小子出這什麼爛主意！」老爸不滿地喃喃自語。

「所以這算通過爸和大哥的認可囉？」我試探性問道。

聞言，老爸反應很大地站起身，瞪向薛赫，「這麼點能耐都沒有，不配和我女兒交往！」他的音量大了起來，我沒好氣地看他一眼，老爸才又縮回去。

「好了好了，大家都過來吃飯吧。」媽從飯廳探出頭。

怕薛赫會感到不自在，我走上前想領他過去，熟料老爸手一伸擋在我們兩人中間，用下巴指使薛赫到他身後，讓我走在前頭，老爸則硬是要夾在我們中間，想要將我們分開的心思很明顯。

我和薛赫很有默契地彼此看了一點，一致感到好笑。

「喂喂！誰准你們眼神交流，不准看！不准笑！」老爸神經質地雙手在空中亂揮。「小子！等我們走進飯廳你才能進來，知道嗎？」他警告道。

「知道了。」薛赫保持一貫的風度。

「爸，你真的很無聊耶。」

「廢話少說，快走。」

「好啦。」

「多吃一點，聽我們家晴兒說你前陣子住院，人都瘦了。」媽夾了好幾樣菜給薛赫。

「又不是沒手！」老爸嚼著飯，酸言酸語。

媽要薛赫別理他，「怎麼有時間想來我們家吃飯？」

「之前一直沒機會來拜訪您們，趁著休假所以來了，唐突來訪，造成您們的困擾了。」

「哎唷，沒這回事啦！以後有事沒事都來！」

媽笑著點頭，真不知薛赫到底給我媽灌了什麼迷湯，她的滿意程度只增未減。

一頓飯就這樣草草落幕，最開心的莫過於老媽，她一直擔心我會變成嫁不出去的老姑婆。而知道我們重新交往的老爸，則將自己關在廁所裡遲遲不肯出來。

洗完碗後，我切了一盤水果端給在庭院聊天的媽和薛赫，中途還特地用老爸最愛的啤酒想誘惑他出來。原以為老爸會多有骨氣，誰知他默默打開門伸出手，將我手上的啤酒搶去，然後重重地關上門繼續抗議。

接著待在家快發霉的孕婦安恬兒給我打了電話，內容無疑是一些從左鄰右舍聽來的沒營養八卦，最後還算有點良心問了我工作室最近的狀況。

「喂，妳這女人到底什麼時候才要告訴我妳和薛赫的好消息啊？」

「不是早就知道了，蕙央這麼大嘴巴。」

「這種事當然要聽當事人說比較有臨場感啊，我和李穢央聊多無趣啊。」安恬兒八卦癮又犯，「聽說今天他來工作室啊？似乎還迷倒一票工讀生，大家私底下都問李穢央你們是什麼關係，比較猛一點的還說如果晴姊不要，那她要欸！」

我笑了笑，「大學時期什麼狠角色沒遇過，當然是來一個擋一個啊。」

「有氣魄！我欣賞！」

之後我們又聊起一些大學時期的趣事，最後是聽到安恬兒的老公催她趕緊躺平才結束通話。

四周霎時安靜下來，庭院的對話在此刻顯得格外清晰。

「關於之前的事是我們家晴兒任性了，她實在給你添了不少麻煩，這次你們能重新開始，我很開心。」

「伯母，話別這麼說，是我還不夠成熟，當時無法理解好晴。」他失笑，「可能也是太過於想給她幸福，而忽略她當下的感受，等到發現時已經遲了。」薛赫的話語中是我從未聽過的悔意，因為他從不在我面前表現脆弱的一面。

是為了……不讓我擔心吧。

外表總是冷酷，所以看似不在乎，但在冷靜之後，就會發現原來這是他對我的溫柔。

因為他知道他必須安慰我，所以一點失落情緒都不能輕易表現出來。

人往往在當下最該看清楚的時候，偏偏無理取鬧，總在分開多年後才想起當時的種種，不禁後悔當初怎麼沒有好好聽對方說話。

我和薛赫能夠重新開始，沒有錯過彼此，是何等幸運，甚至是往後想起這件事還能笑著聊起，說著當年的我們有多傻多幼稚。

「過去的事就過去吧，討論誰對誰錯也無事於補，只要你們知道再一次選擇牽起對方的手後，就別再輕易放開。」

哎呀，我是真的不愛哭，真的！真的！真的！

但是最近老是動不動就眼眶泛紅，哭哭啼啼的一點都不像我了。聽著老媽對我們這段感情的支持，看著老爸鬧脾氣還對薛赫放了狠話，連大哥也特地打電話回來威嚇薛赫，這一切都是為了保護我。

蕙央和恬兒雖然常常對我言語霸凌，心裡卻比誰都擔心我過得好不好，有沒有好好吃飯。還有陶淵啊，雖然總把他說得一無是處，但身為我們的上司，他也從未虧待過我們。

啊，現在想想，楊妤晴妳真的太幸福了！有這麼多愛妳的人。

「晴兒啊！送薛女婿回家。」老媽改口得真快，剛剛還很客套地喊薛先生。「我來去看看妳爸爸，萬一在廁所睡著，隔天又要喊閃到腰了。」老媽叨叨絮絮。

應了聲，我快速抹了抹眼淚，拍了拍臉頰。

老媽走過我身邊還用著自以為小聲的音量對我說：「特許妳可以晚點回來，不回來也沒關係。」她眨眼道。

「有女婿沒女兒，二十幾年的日子都是假的啦。」我心裡不平衡。

「媽這不是為了我最愛的女兒著想嗎？快去，妳爸要是出來，妳就別想出門了。」

「楊太太我真的太愛妳了，來，親一下！」

老媽閃躲著，「肉麻的事就留給薛女婿吧，媽媽已經被妳噁心了二十幾年，夠了夠了。」嘟嘴。

我和薛赫手牽手步行到公車站，「抱歉，只能送你到這裡。」

他轉身沒有說話，伸出手攬緊我，下巴輕抵在我的腦袋上，「我已經開始想妳了。」

臉一熱，因為他的話而心跳加速，「一年不見，你真把肉麻當有趣了。」

「也不知道是跟誰學的。」他暗指我，「經歷過一次失去就夠了。」

我往他懷裡一蹭。

「老實說，我一開始真的不打算回到你身邊。」前陣子並不是裝模作樣，而是認真思考過下的決定。

他故作鎮定問了原因，因為緊張的關係，他的語調不自覺低了幾分。

「我不相信重新來過的愛情可以幸福，因為怎麼說都有了裂痕，就算在一起也是勉強假裝沒事。」

他鬆開我的肩，深沉的眼眸宛如起了大霧。「我只想知道現在、此時此刻還是覺得……不行嗎？」

我深吸一口氣，先是皺了眉，接著故作苦惱道：「可是怎麼辦，我實在沒把握能像大學時一樣擊退你身邊的花花草草。」

原先神情緊繃到不行的薛赫立刻回復惡劣的本性，在我來不及反應下捏住我的兩頰。「妳倒是也學會捉弄我了。」

「窩、我哪油——」看向進站的公車，「共車、共車咧了！」被他捏得我話都說不清楚了。

薛赫見我滑稽的模樣笑得亂帥氣的，我拍開他的手，罵他幼稚。我看著他上車，隔著車窗和他揮手，傻傻地望著公車駛離，還是沒有移開視線。

我將手放進外套口袋，屬於薛赫的味道似乎還環繞在我鼻尖四周，我努努嘴，一個人對著冷空氣自言自語：「我也很討厭分開啊。」

「要是這句話早點跟我說，我們就能多在一起七分鐘，少分開七分鐘。」聽見耳熟的聲音，我驚訝地回頭。

「你……不是上車了嗎？」

他快步朝我走來，灰色大衣迎風揚起，下一秒一股重量輕壓在我身上，薛赫用力抱住我，行動說明了一切。

「再一下。」他的擁抱加重幾分，暖意一點一滴流進我的身體。「我到底是為什麼會這樣，居然一秒都不想放開妳。」

聞言，綻放在唇邊的是我止不住的笑容，心裡滿滿是感動。

❖

學校的林蔭大道上一直有個很浪（瞎）漫（掰）的傳說。

根據蕙央表示：「據說在林蔭大道上相撞的男女，這輩子註定要一起走完人生剩下的路。」

「那不就一天到晚所有人都在那條路上撞來撞去。」

蕙央賞了我一記白眼。

林蔭大道寬敞到兩台車子並列都不會擦撞，要兩個人撞在一起，還得是一男一女，要嘛兩人那天都不走運，不然就真的是讓我無話可說的，緣分。

都什麼時代了，我才不相信呢！

眨了眨眼，逐漸適應自落地窗透進來的陽光，筆電畫面早已呈現閒置狀態，我似乎不小心睡著了。起身，一件薄被從我肩上滑落，正巧發現對桌的男人趴在桌上睡得沉。

微翹柔軟的黑髮貼在他的額前，溫暖厚實的大掌輕輕拉住我的袖子。

我笑了笑，悄悄抽出手，輕手輕腳地將被子披在他身上，什麼也不做只是安靜地看著熟睡的他。

回想起大學時期那段荒謬的傳說，再看著眼前真實存在的他，結論就是「做人真的不能太鐵齒」。

時間久了我有些無聊，也不打算叫醒他，一個人在他的屋子晃了一圈，最終停在書櫃前，手指滑過架上的每本書，最後落在一本全白封面的書上。

在黑壓壓的商業刊物中顯得特別突兀，卻放在最中間的位置。薛赫將它保護得很好，一絲摺痕、灰塵都看不見，完好如初。

「醒了怎麼沒叫我？」碩長的身影出現在我身後不遠處，他揉著眼的模樣有些可愛。

他走向我，長臂一伸從身後環住我的腰，閉著眼，將好看的下巴靠在我的肩上。

「忽然想起我之前在會長室根本是做白工。」我晃著手上的書。「你最後也沒把書賣給我。」

「想要的話就拿去。」

「這次不需要拿出誠意做為交換？」

「妳能拿什麼和我換？」他似笑非笑地反問。

我陷入漫長的思考，大學時是出賣勞力，現在金錢衣服車子他都不缺，請他吃飯又顯得老套，說謝謝似乎太容易了。

「嗯……」

薛赫放開環住我的手，撫開我因煩惱而皺在一起的眉心，「給妳個建議？」

我下意識地仰頭望向他。

「用妳的一輩子跟我換。」

我愣了愣，一股情緒湧上心頭，對於他最近毫不隱藏的情感有些吃不消，明明以前就是一副大爺我不搞這種肉麻兮兮的戀愛。

他垂頭，等著我的回應。「呃我……呃呵呵……」眼看他即將風雲變色的表情，「不是！我考慮這麼久，真的不是覺得你不好，你很好，我也相信你不是隨便說說……」

「所以？」

「可是怎麼辦，我不玩閃婚的，而且我聽說結婚前很痛苦耶，為了塞進婚紗裡得要不吃不喝好幾天。」我一臉為難。

聞言，薛赫若有似無地嘆道：「跟妳說這些是我不對，浪費我生命。」

他轉身就要走，我屁顛屁顛地跟上，不懷好意笑道：「這麼說，剛剛那是……求婚囉？」

某人肩膀一抖，裝作沒聽見，逕自走回客廳。

「咦，我剛剛那樣拒絕你，會不會傷了你的自尊？」

「妳根本沒回答我的問題，哪來的拒絕？」

愛面子的個性果然沒變啊。

我好心提議道，「還是我們重來一次？我這次真的會好好回答。」看見他俊雅的臉龐閃過一絲僵硬，我在後頭早已笑得不能自已。

一個平時沒有太多情緒變化的男人，忽然困窘起來，從威嚴的獅子變成讓人想衝上前抱住的大貓，雖然反差有點大，卻絲毫不違和。

在我笑到肚子痛時，他突然壞心眼地將我整個人抱起來，為了避免我跌得狗吃屎，我反射性地將兩腳扣住他精瘦的腰際，雙手抵著他寬厚的肩膀。

「求我啊，我們就再來一次。」

怎麼感覺主導權被搶走了！

我被這害羞指數破表的舉動弄得腦袋暈呼呼，他見我語無倫次不知在說什麼，笑得邪媚惡質，湊上唇趁亂吻了我。

喀——

「噢哦、噢哦——抱歉抱歉，打擾了，是奶奶的錯，當我這老不死的不存在——」

我看著敞開的大門以及奶奶藏在門板後偷看的雙眼，我的臉紅得像煮熟的蝦子，拍著薛赫的肩讓他快放我下來。

他大爺還相當不情願。

「奶奶。」我看向坐在沙發上喝著熱茶的老人家，乖乖喊了聲。

「不是跟您說來我這之前要先知會我一聲？」

奶奶垂眉委屈道：「喲，現在有了小傢伙，奶奶什麼的都可以滾一邊了，忘恩負義的小子！也不知道回家，還要我這把老骨頭親自登門拜訪！」

依照薛赫唯我獨尊的個性，收拾爛攤子這種事絕對是我出馬，於是我趕緊上前安撫她老人家，「奶奶別生氣了，是我沒注意到這點，應該要提前向您打聲招呼。」

「沒妳的事，妳乖乖坐著！」我一臉問號地被奶奶壓至沙發坐下。

「當初要我狠下心對我們小傢伙放話，害我都快心疼死了，你這臭小子！也不趕緊帶她回來給我看看，成天霸占著人家！」

「她是我的。」

「呀呀呀！你的又怎麼了，難不成我會跟你搶不成？再說未來還不是會成為我的孫媳婦，你們每天有大把的時間可以膩在一塊，奶奶我就是想看她幾眼都不行？」

「原來是串通好的啊……」吵得不可開交的祖孫瞬間安靜，同時轉頭看向我。

「當下只有這個辦法。」薛赫這傢伙還說得理直氣壯。

害我白白當了他的傭人一陣子，這辦法虧他想得出來，真是受不了！

「奶奶我們走，去吃好吃的，玩好玩的！今天我一整天都陪妳，別理他！」我對他吐舌。

奶奶原先還帶著愧疚的臉，立刻喜孜孜地漾開笑容，轉頭挑釁地對薛赫扮鬼臉。「我們走！從國外回來後咱們一直沒時間聚聚，走！把該吃該玩的都去一遍！」

我和奶奶手勾手，跳上跳下地出了大門。

後頭是薛赫無奈搖頭的笑臉。「楊妤晴不准太晚回來。」

「現在是奶奶怎麼樣都沒關係了啊，你這臭小子！」

❖

三個月後——

迷糊中聽見床邊的手機響個不停，我從溫暖的被窩伸出手摸向桌上的手機。

「……喂？」

「楊妤晴大事不好了啦！」蕙央在另一頭鬼吼鬼叫。

我的睡意也被她的音量驅走一半，「唔，怎麼了嗎……」

「總之妳快點換好衣服，十分鐘後我在妳家……啊不對是薛赫家樓下等妳。」

「到底什麼事……」我看向掛斷的通話，再看向右上角的手機時間——半夜三點多，為什麼我總會交到一些奇怪的朋友。

揉著眼我坐起身，打哈欠的同時，突然一隻手將我撈回被窩抱牢。「怎麼了？」他的聲音沉而啞，意外地讓人安心。

我閉眼在他懷裡貪圖幾秒鐘的打盹時間，真的好睏啊……「我也不知道，十分鐘後我要下樓。」

「我陪妳下去。」

「不用了，你才和美國公司視訊完，先睡吧，我自己下去就好。」

他吻了吻我的額頭，叫我小心一點。

叭叭——

「快點上車啊！」

「怎麼偏偏挑在這種大半夜！」

「寶寶就跟她媽一樣喜歡搞叛逆咩。」

我和蕙央趕到醫院後，天空已微微透出魚肚白，十二月清晨的氣溫僅僅只有十幾度，正巧在大門碰到趕來的陶淵，我們一同跑向安恬兒的病房。

一打開病房就看見安恬兒正逗弄著她懷裡的嬰兒。

我們喘著氣，蕙央忽然一說：「搞什麼啊，又不是我們要當爸爸，做啥這麼急！」

「你們來了啊，來！跟你們介紹這是我女兒，女兒，這是媽咪的傻蛋朋友們。」

「亂教什麼啊！」蕙央不滿道。

「太匆忙來了，什麼賀禮都沒帶到。」

「拜託妳和薛赫快點寄喜帖給我，讓我女兒當小花童，就是送我最好的禮物。」

「她才剛出生。」我嘖她一聲。

三人見面尤其都是女人時，話匣子開了就停不了，幸好安恬兒的老公注意力都在寶寶身上，才不致感到無聊。

我望了一眼牆上的時鐘。「哦！時間怎麼過這麼快，都要十一點了！」

「妳有什麼事嗎？」

「怎麼辦啦，我答應 Chris 要去機場送他！」我匆匆拿起包包，氣氛被我感染的有點緊張，蕙央站起來將車鑰匙丟給我。「開我的車吧，晚點再來接我就好。」

「我先走了啊，再聯絡！」

「好好好！妳快去，路上小心，到了給我打電話報平安哦。」

「知道了，恬兒要好好養身體，剛生完孩子身體很虛弱的。」

經過一番波折，終於抵達機場。「怎麼今天一整天都被時間追著跑……」我懊惱。

「晴！」帶著墨鏡，穿著羽絨外套的金髮男人朝我漾起燦爛的笑容。

我跑向他，「呼——幸好你還沒走。」

「說好會等妳。」

「十個月的研習好快就結束，你也要回國了。」我感嘆道，「怎麼辦，莫名覺得好感傷，你這一走我們不知道什麼時候還可以見面。」

「跟我回去怎麼樣？」他孩子氣地提議。

我捶了他胸口一拳，他依舊反應得很誇張。「以前的我可能真的會 say yes，但現在我已經不是一個人，知道有個人會等我回家，等我一起吃飯……只要想到他還在等我，我就不能隨心所欲說走就走。」

Chris 溫和一笑，「聽起來交男女朋友一點好處都沒有。」

「你也會遇到的，」聞言，Chris 的笑容一頓，「那個打破你所有規則的例外。」

因為他，我選擇放棄我憧憬的自由，只想待在有他的地方。

他摘下墨鏡，寶藍色的眼珠清澈且溫柔。「怎麼到最後還是讓我這麼心動呢。」他彎起唇角。

「就說我太有魅力了。」

語畢，Chris 爽朗地大笑，俏皮地敞開手臂，我笑著伸出手與他相擁，耳邊傳來他輕柔的嗓音：「請妳一定要很幸福、很幸福。」

「嗯！」我哽咽，在他懷裡用力點頭，淚水也就這麼順勢滑落。

「What?·怎麼這樣也哭，晴妳真的變愛哭了。」

我擤了擤鼻子，眼淚卻不斷掉落。「才、才沒有！我是真的覺得遇見你，是老天送我最棒的禮物！所以不要只有我幸福，你也要！而且還要比我更幸福，是超幸福的那種哦。」

「真是的。」他失笑，舉起手毫不客氣地弄亂我的頭髮，用著另一隻手抹開我的淚痕。「別哭了，到時他又以為我對妳做了什麼，我要是回不了英國妳也有責任。」

我想起一件事，「你說來台灣要確認一件事，確認了嗎？」

「想不到妳還記得。」

「當然！」我驕傲道。

Chris 深深地看了我一眼，唇角溫柔地掀起弧度，「嗯，我相信就算沒有我，他們也會很好的。」

我來不及細問，耳邊就傳來催促登機的廣播聲。

「快上飛機吧，到了跟我說哦，還有順便幫我向伯父伯母問好。」

他朝我伸出手，我自然地回握住他，忽然他一施力我整個人踉蹌地跌入他寬大的懷裡，下一秒溫熱的觸感，輕落在我的臉頰。

我摸著臉頰，沒想到他會突然親我，Chris 的藍色眼眸裡是滿滿的惡趣味，他的視線落在我的身後。

「來得真快。」

我皺眉，「嗯？」

沒回答我的問題，他手拿著護照，拉起行李箱，可愛地朝我比出勝利手勢，只是怎麼感覺他不是在看我。「我走啦，記住你們蜜月絕對不能選英國，我會忌妒。」

「什麼跟什麼啊，我偏偏要去！我就要去！」我欠打地說著。

看著他高大的背影逐漸消失在登機口，我伸了個懶腰，「突然覺得有點冷……」我搓了搓手臂，不過這種天氣睡回籠覺是最舒服的事，不知道薛赫起床沒？

我轉身。「咦？」定格了零點零幾秒，「薛赫！」

身為四肢健全的女友，我並沒有拜託薛赫來接我，再說我好像忘記告訴他我今天要送機，所以當他佇立在我眼前時，內心的激動足以媲美某韓劇男主角在機場和我這路人甲巧遇。

該有多爽啊這奇遇。

有一種這世界只有你和我、我和你的錯覺，無與倫比的感動。

我泫然欲泣地奔向他——

然後他會敞開雙臂帶著溫柔如水的笑容接住我的飛撲，最後我們手牽手回家。

咚！

我感覺我的頭頂被一道力量按住，使得我無法再前進。

「別過來。」

「很冷耶，抱一下有什麼關係。」我不要臉地想找縫隙鑽進他的懷裡取暖。

但是薛赫的動作比我快，俐落一閃，「冷的話我有圍巾。」他說，直接將脖子上的圍巾扔至我的頭頂。

閃。

我不滿地拿了下來，卻發現他人已經頭也不回地走了。

「一大早的，不知道誰又惹到他了……」我喃喃自語地跟上。

我像個受委屈的小媳婦，抱著他的圍巾默默跟在他身後，他按下車子的感應器，寶藍色奧迪的車燈閃了閃。

他現在心情很差，我還是不要自討沒趣和他靠太近，於是我自然地往後座去，準備拉開把手時，薛赫斜了我一眼。「我不是來接妳。」

「咦？不然你來這裡……幹麼？」

「就是剛好路過不行嗎？」他說得極其理所當然，所以我連懷疑都沒有，很自然的就說好吧，讓他走。

幸好我借了蕙央的車，我還在想難得的姊妹聚會要因此而泡湯了。

「你看起來很忙，我就不吵你了，開車小心哦，我就先走啦。」

原來是因為假日還要上班讓大爺不開心啊，這時候我應該乖乖做自己的事，別讓他老覺得我愛黏著他。

哇啊，我真是個善解人意，懂得體恤男朋友的好女人。

我甩著車鑰匙，一蹦一跳的走往停車格，後頭「碰」一聲，好大一聲的關門聲，我下意識回頭看，寶藍色奧迪的駕駛人已狂踩油門離開。

「嗯嗯，看起來假日上班真的讓他心情很差。」一方面又想薛赫有我這種不吵不鬧又懂得包容的女朋友，真是他修身養性五百年換來的。

回到醫院後，我們三人嘻嘻哈哈了一下午，要不是安恬兒的老公用著男兒淚極力阻止，我想她就要跳下病床和我們去喝啤酒吃路邊攤。

回程時，我和蕙央繞到以前讀大學時最愛去的滷味攤吃了一頓宵夜，接著她忽然想起一件事，嚷著：「欸妳的手機是不是沒電了？」

我後知後覺地從手提袋拿出手機，才發現手機因電力不足早已自動關機。「真的欸！我都沒發現。」

「我就知道，難怪薛赫會打電話給我。」

「他打給妳幹麼？」

「那位神等級的人物通常打給我的原因，除了妳，還是妳啊楊妤晴。」她受不了地喝了一口啤酒。「真是要被你們這對情侶檔搞死，拜託你們長進一點，也不是情竇初開的純蠢愛情，我也是有自己的生活好嗎！」

我呿了她一聲，「又沒男朋友，哪來的私人空間。」

蕙央怒推我的頭，「呀呀呀！姊的男人只是有點路痴，小迷路了一下，就快到了好嗎——」

「是！是！是！妳說得都對。」

晚上十一點，我帶著微醺的思緒哼著歌，心情不錯地按了電梯，還巧遇了大金剛警衛。

我和薛赫恢復交往沒多久後，每每大金剛見到我都像看到什麼髒東西似的，有多遠、閃多遠。害我每次開心的舉起手想和他打招呼，最後都只能錯愕地停留在半空中。

好幾次都被薛赫取笑，「我看妳那不管跟誰都能成為一家親的性格，我們的警衛好像不太領情。」

哼哼！總有一天我一定會收服他！我握拳。

酒精的催化下，還有一整天和好朋友膩在一起談天說地，讓我的心情好得不像話。

「哈囉，大金剛警衛大叔！」我舉起手，聲音高亢地和他打招呼。

大金剛寬大的背影一抖，慌亂地左看右看，確認完畢後，明顯鬆了一口氣。

我歪頭，疑惑道：「大金剛警衛大叔這次怎麼不跑了？」

大金剛摸摸鼻子，「沒、沒什麼，倒是小姐怎麼沒跟薛先生一起？」

我迷茫地搔了搔腦袋瓜，「他很忙，而且心情不太好。」後面那句我說得很小聲。

聞言，大金剛皺眉，似乎不是很認同我的說法。

奇怪，大金剛什麼時候和薛赫打過交道？我來他家這麼多次也就看他們點過幾次頭，多半我都是看著大金剛的背影進大樓的。

大金剛忽然說：「啊！這是不是隔壁棟的大媽常說她家老公結婚十年難免有什麼……冷淡期啊！」

我蛤了一聲，「你的意思是說，他開始厭倦了我嗎？」

「嗯！嗯！差不多就是這個意思！」

大金剛還是依舊那麼八卦啊。

我上前拍拍他的肩，「警衛大叔所以我說你根本不了解薛赫啊，這世界大概只有我這種不知該說倒楣還是幸運的女子能理解他。」

他依舊摸不著頭緒。

「我們啊，根本沒有所謂的熱戀與冷淡期。」

我按了薛赫家的樓層，並和在樓梯口傻眼的大金剛警衛揮手再見，正常人是應該會嚇到沒錯，這種沒感覺的日子遲早會分手也的確是。

拿出鑰匙，轉到第三圈時，門忽然毫無預警地被拉開，在沒有任何心裡準備下我整個人重心不穩直直地向前傾。

迎面而來的不是冰涼堅硬的地板，而是一個暖烘烘的擁抱，和唇與唇柔軟的碰觸，一次又一次令我招架不住的溫熱親吻。

室內漆黑一片，用手無力地抵著他的胸口，我能感受他沉重的氣息與每一次的親吻，夾帶著狂風暴雨的龐大氣勢將我逼向牆邊。

早就摸透我一切反抗系列動作，他熟練地固定住我的後腦杓，讓我無處可逃，只能與他正面對決。落下的每一個吻，時間長得幾乎讓我覺得窒息，感受到胸腔一絲一點的空氣不斷被他掠奪殆盡。好不容易抓到一些空隙，我立刻舉起手遮擋在兩片唇之間，間接阻擋他還不打算停止的舉動。

彼此的喘息聲在黑暗裡特別清楚，重新能大口呼吸的我，剛剛一度覺得快要窒息，原因還是很丟人的因為他的幾個吻。

「……怎麼了，為什麼突然這樣？」他好像今天一整天都很反常。

原以為他會冷靜點好好回答我，熟料薛赫卻不打算善罷甘休，索性吻起我的手並啃咬著，但他還是很怕弄痛我，所以沒有太用力。

我微微閃躲著，「你到底怎麼了？」既然他不肯說，我只好亂猜了。「太累嗎？還是合作案談得不好？唔嗯……或是肚子餓？還是奶奶又不聽話跑出去玩了？」我幾乎把所有假設性原因都列出來，連最扯的學校小狗生病我也算了進去，這樣還都不是的話……

「妳有多喜歡我？」

沒預料到他會這麼問，況且在一起這麼久的時間，他從來沒問過，還是這麼不確定的語氣。

「你不是從不做沒把握的事嗎？既然這麼不確定怎麼還會跟我在一起。」我笑著反問。

薛赫這個人就是自信的化身，自尊心極強的他，從不容許失敗和絲毫不確定。

他沒有回答我，只是加重了擁抱的力道，像是要將我揉進他身體裡。無從脫身的我只能任由他抱緊。

「我不喜歡你啊。」我答。

「妳……」

「我愛你。」

空氣彷彿凝滯了一般。

「……」

「喜歡和愛不同吧，所以我真的不是喜歡你，是很愛你。」我強調。

聞言，他低聲笑了，沉穩磁性的嗓音一如既往的好聽。

「不過我真的很累耶，很想睡覺，我們以後有時間再慢慢說。」我像是沒長骨頭一樣趴在他身上，「揹我去床上。」我賴皮地跳上他寬厚的背。

「有妳的我也很累。」他沒好氣地接住我。

在他背上的我晃著腳丫，抗議道：「咦，我今天都沒吵你欸！」

「妳讓我找不到。」他的語氣像是落難的大貓，少了平時的傲氣。

我一愣。「啊，出門時看你睡得熟，想說等你起床再說，結果就……忘記了。」我不好意思地抓了抓頭髮，加上手機又沒電，找不到我的他一定很緊張吧。

他習以為常地嘆了嘆，「所有的事都在我的預期中，只有妳，為什麼總是不乖乖待在我看得到的地方？」

「你看不到我嗎？我有這麼瘦嗎？我不就在你背上嘛，我會一輩子巴著不放，你放心好了。」我開玩笑地在他背上左搖右晃，猛烈刷著存在感，惹得他開始有些嫌煩。

薛赫發現我又開始得寸進尺，在快到床鋪時直接將我扔到床上去，我在床上滾了幾圈腦袋瓜都暈了。

「欸，你怎麼這樣對剛剛才說很愛你的女人……」

「不然我該怎麼樣？」他忽然靠了上來，他的氣息一瞬間攪亂了我的思緒。心中的警鈴大響。

「不行！今天不行！」抵著他傾身過來的灼熱胸膛，我啊啊大叫。

「明天是假日。」

「這才不是重點！」

他也不理我，直接親吮著我的鎖骨接著脖子再慢慢往上至耳垂，接著附在我耳邊用著最讓人受不了的溫柔細語道：「今天妳讓我心情不好一整天，我們就一次算清。」

「我、我什麼時候……」

他想起另一件事，「啊，最後還道了吻別，這又該怎麼算帳？」

難不成被看到了？「等等！Chris 是英國人啊，親臉頰這種事對我們來說就只是再見的意思。」

「但對我來說不是。」

「你這人怎麼這麼不可理喻啊——」

他微笑，「妳馬上就知道我還能再不講理一點。」

「欸喂！我們有話好說！」

「既然妳剛剛說很愛我，就包容我一點吧，嗯？」

到底為什麼總是喜歡把兩件事混為一談啊啊啊啊！

醒來已是下午，全身的骨頭像是亂了位，又痠又麻，去他的薛赫，真的完全沒在開玩笑。

我坐在床上習慣性地發呆一下子，薛赫一進房間看到我頂著一頭亂髮，表情放空的模樣忍不住失笑。

他讓我雙手舉高，接著他替我套上衣服，再牽著我到飯廳吃午餐，接下來的時間，他看他的書，我則躺在他懷裡看著零死角的韓劇男主角。

後來也不知道過了多久，我揉著雙眼醒來，下意識地抬眼看向薛赫，發現他也睡著了。

午後暖橙色的陽光灑在他剛毅的側臉，濃密的長睫毛在眼窩下形成了淡淡的陰影，隨涼風微微擺動的柔軟黑髮，我調皮地伸手撥弄，他微微皺起眉，抓住我的手，十指緊扣。

一切都是那麼美好……

「妳流口水了，好髒。」他指了指他的手臂。

這個人……

我憤憤地拿起衛生紙邊擦邊說：「反正平常親親也就是口水交換啊，嫌棄什麼啊，真的很煩耶你。」

「妳這是言語挑逗嗎？」他笑問。

我頓了頓，依照我靈驗的第六感，這絕對不是單純的問句。「沒，我什麼都沒說，你不要多想，就只是字面上的意思！」我補充道，拔腿就跑。

但對方早已把我犯錯逃跑的模式摸得一清二楚。

「來不及了。」

他毫不費力地手一伸，拉住我的腳，失去重心的我，直直撲向地板，而他在瞬間扣住我的腰，將我撈回，禁錮在他的懷裡。

「只要清楚抓住妳最好的辦法，就是讓妳連一個瞬間都沒有機會逃，事情就簡單多了。」他的笑與窗邊落進的陽光相互輝映，甚至有些刺眼。

「喂！我是獵物嗎？」從哪兒衍生出來的捕捉攻略。

「是啊，所以乖乖就範吧，嗯？」他的唇角微揚，點了點自己的臉頰，意圖明顯。

這人怎麼可以愈來愈不要臉！

「親完就要放手哦。」我和他先談條件，湊上前打算輕輕碰一下就結束，殊不知在快碰到他臉頰時，他的臉忽然轉了過來。

啾。

我愣住，隨即回過神，小臉一熱，「呀！薛赫！」

朗朗笑聲傳進我耳裡，逆著光，他的笑容燦爛得閃閃發光。「不是親過很多次了嗎，怎麼還臉紅？」

我下意識地摸了摸臉，因為他的話讓我的臉頰又更燙了。「要、要你管！快點放開我，很熱。」

「我該當作這是妳容易害羞還是不習慣？」

睨了他一眼，「到底想說什麼？」

「我覺得是不習慣。」

「所以？」

「我們只好做些別的事讓妳盡早習慣。」

「……」

「我是害羞！內向！」我急忙澄清。

他含笑看著我，「那也就表示我們更需要練習如何坦承面對彼此了。」

「已經很夠了。」

「親愛的，我愛妳。」

我們的愛情，沒有所謂的陷入熱戀與進入後期的麻木成習慣。沒有灰姑娘的玻璃鞋、白雪公主落下的蘋果，更沒有美女與野獸相愛的劇情，畢竟我不是美女，薛赫更不是野獸。（就算某些時候是。）

更多的是吵吵鬧鬧的生活，以及那些你追我跑的日子。

對於重來的愛情我始終抱持著疑慮，但如果眼前這個人是我儘管違背自己的原則還是想去愛的人。

就，去吧。

會幸福的。

獨家番外　大學聯誼

「咦，這個時間，妳不是該去會長室？」

躺在沙發上看漫畫的楊妤晴，不著痕跡地頓了一下，不自然地換個姿勢，「我不去。」

李蕙央露出賊賊的笑容，「我們的乖乖牌小晴兒搞叛逆喔。」

楊妤晴憤憤地放下漫畫書，說到這個她就生氣。「我才不管！我就是不去，我又不是學生會的成員，幹麼每次開會我都得到。」

以前抱怨歸抱怨，但還是會老實地去開會。「今天怎麼突然鬧脾氣？」

「我就是不想去啦！」楊妤晴將自己埋在沙發裡，一動也不動。

李蕙央聳肩，「喔，隨便妳。」反正也不干她的事。「對了，我有沒有跟妳講過，上次我在路上遇到薛赫，他要我轉告妳……」

李蕙央故意說得很慢，讓楊妤晴神經繃緊到不行，但她刻意裝作不在意。

李蕙央模仿起薛赫溫沉的嗓音、語調，帶點清冷、高傲，甚至連停頓點都模仿得維妙維肖。「楊妤晴妳要是敢再遲到，我就把妳喜歡我的事公諸於世。」

楊妤晴瞪大眼，立即跳了起來，「別聽他亂說啊，這件事從頭到尾都是誤會！」

「那妳幹麼穿鞋？」

「我、我要去跑步！」

「哦──下雨天跑步，真有毅力。」

當她趕到會長室，看到緊掩的門，她深吸一口氣，要不就有膽量一點，直接裝死不去吧？薛赫要說就去說，反正外界的謠言也差不多是她巴著薛赫不放。

一開始還會有些在意，覺得自己委屈，明明受害者是她，但久了也就習慣了，只要等到薛赫交了女友就會停止。

只是這混小子怎麼還不交女朋友？拜託他跟學姊快點修成正果，她想過正常人的大學生活啊！

「好晴？」

「學姊，怎麼回來了？」

邱梓瑩笑了笑，「趁著事務所休假，回來看看大家啊。」她晃了晃手上的蛋糕，「我帶了點心來喔。」

楊妤晴雙眼頓時發亮，「學姊還是妳對我們最好！」就算畢業了，還是會常常回來看他們，不像薛赫總是壓榨員工。

「看妳站在門外，不會又和薛赫吵架了吧？」邱梓瑩掩嘴笑道。

她連忙嘆氣，「沒有，我連跟他吵架的等級都不夠。」

聽聞，邱梓瑩哈哈大笑。

楊妤晴努嘴，眼底閃過一抹低落，隨後她抬起頭，佯裝輕鬆道，「薛赫大概真的很討厭我吧。」

邱梓瑩看著她，靜默了幾秒，忽然說道：「怎麼不考慮交個男朋友？」

「男朋友？算了吧，先不說我家那對父子，我空閒時間都和四大彩子混在一起，要有對象太難了。」

楊妤晴訕訕地答道，對於高中幻想的粉紅泡泡大學生活，這些她都看開了，自從遇上薛赫，她的大學生活就只剩會長室可以選擇。

「妳說說看妳喜歡什麼樣的男孩子，學姊幫妳介紹。」邱梓瑩豪氣地拍胸道。

楊妤晴一驚，「真、真的嗎？」

「嗯！妳還沒參加過聯誼吧？」楊妤晴頭點個不停，「我事務所的同事，一大票都是黃金單身漢，他們太忙了，根本沒時間交女朋友。」

聽了邱梓瑩的提議，楊妤晴心兒噗通噗通跳，律師男友聽起來超帥的！她絕對要參加！何況身為大學生，聯誼都沒去過的話，真的太遜了。

「我安排好時間再通知妳。」

「謝謝學姊。」

「邱梓瑩要辦聯誼？」李蕙央挑眉。

安恬兒一臉嫌惡，「感覺就居心不良，好端端的幹麼替妳介紹啊？」她鄙夷地看了楊妤晴一眼，「還有妳，都有薛赫了，還真不知足。」

聽著的李蕙央，也跟著點頭附和。

「喂！別人亂說就算了，怎麼連妳們都這樣！」楊妤晴氣得跳腳，忿忿不平地站上沙發，像是宣揚什麼誓言似的。「我絕、對不會喜歡上他那種人！」

安恬兒不屑地睥睨她一眼，撐著頰，紅唇嘲笑似的勾起，「話不要說得太滿，誰知道最後會怎樣，可別自打嘴巴啊。」

楊妤晴嘟起嘴，並默唸著這種事絕對不會、絕對不會……發生！

星期日，按照學姊的訊息，提早到了集合地點。

「妳們前幾天不是還一臉嫌棄。」楊妤晴睨了她們一眼。

安恬兒百般無聊地看了看自己指甲上的彩繪，「能吊到高富帥的場子，怎麼可能沒有我。」

李蕙央厭惡地揮了揮眼前的空氣，「都快被妳身上的香水味給臭死了。」

「李穢央閉嘴！姊姊我今天沒心情跟妳吵架，壞了我的氣質。」

聞言，李蕙央做出嘔吐的動作，馬上就惹腦了安恬兒。眼看她們兩個又要吵起來，楊妤晴朝一旁挪了挪位置，深怕遭到波及。

沒多久，邱梓瑩也來了，看見她們，便跑了過來。

「我安排大家看展覽，是歐洲有名的藝術家們集資合辦的，不知道妳們會不會覺得無聊？」

「隨便，人來了，去哪都一樣。」安恬兒不甚在意地看著手機答道，「反正是看人，不是展覽。」

邱梓瑩揚起笑容，呼了一口氣，「那就好，還怕妳們不想去，那我可會被我的同事們罵死了。」

楊妤晴在一旁捏了把冷汗，畢竟安恬兒的說話方式一向刻薄、現實、無禮，可以忍受的人不多，但看到學姊的應對方式，也更能確定，她 EQ 真的很好。

畢竟是第一次聯誼，楊妤晴難免有些害羞與不自在，當她抬起頭，在人群裡看見了熟悉的面孔。

她愣眼，看了一眼身旁的李蕙央和安恬兒，見她們一致聳肩，眼神透露著「不要看我，我什麼都不知道」。

邱梓瑩開始抽籤。

楊妤晴告訴自己不要慌，這裡有五個人，五分之一的機率，她相信自己不會這麼倒楣。

「妤晴和……薛赫，」邱梓瑩明顯停頓了一下，見楊妤晴一臉為國捐軀的模樣，她問道，「要不妤晴我跟妳換？」

「這樣抽籤豈不是沒意義了。」薛赫挑眉，掃了一眼身旁的人，視線最終落在楊妤晴身上。

「學姊，沒關係，就這樣吧。」她會活下來的……

夢幻般的邂逅就此碎得徹底。

楊妤晴如同往常，亦步亦趨，默默跟在薛赫身後，心不在焉的她，因而撞上突然停下來的薛赫。

「楊妤晴妳知道聯誼是做什麼嗎？」薛赫背對她，突然問道。

待在他身旁久了，自然知道薛赫在暗指什麼，她在心裡默默道：「也要看是跟什麼人，在你面前要我裝什麼嬌羞，克制自己不要翻白眼就好。」

她仰頭看向他，抿出一抹笑，「知道，所以走吧。」但逢場作戲還是要的。

薛赫沒預料她轉變得這麼快，有些反應不及，他的眼神凝滯在她嘴角飛揚的弧度。

「薛赫，你再不走，我就不等你囉。」她側身歪頭，向前跨了一步。

「嗯。」他邁開步伐跟上。

薛然看著身旁的她，一直以來他都知道，是他的腳步，不自覺朝她走去。

楊妤晴永遠都像陣瞬間即逝的風，環繞在他周圍，卻讓他始終抓不牢。

前幾天，他是聽到她和梓瑩的談話。於是，他在當晚和梓瑩一起吃飯時，忍不住問了。「聯誼是什麼時候？」

邱梓瑩驚訝，但隨即笑了笑，「你怎麼會知道？妤晴告訴妳的嗎？」

「我也去。」他沒有回答問題。

「薛會長對這種小聯誼不會有興趣的，你如果想要，改天我再介紹……」

薛赫打斷她，「我的確對這種無聊配對活動沒什麼興趣，但我真想看那傢伙看到我也在裡面的表情，一定很有趣。」

看著他勾起的嘴角，邱梓瑩的笑容停滯。他很少笑得這麼開心、迷人。

他們還是有許多共同點，有相同的理念、說不完的話題，但不知從何時開始，談話中總會提起楊妤晴。

邱梓瑩斂下眼，本來想輕鬆說起，但她探究的語氣卻背叛了她，「你……是不是喜歡妤晴？」對面沒了聲音。

她抬眼看向眼前抿唇的男人，「小赫我……」她欲言又止，美眸輕顫，「……我是不是錯過你了。」

薛赫深沉的眼眸注視著她，沒有表態，也沒有一絲一毫震驚。「妳是個很優秀的人，只是我們……」

「我們重新開始好不好！」梓瑩忽然握住薛赫放在餐桌上的手，堆起笑顏，「如果重新開始，我有自信，不！我絕對可以讓你喜歡我。」

薛赫抬眸，眼底飽含歉意。「無論當初我們的選擇是什麼，結局只有一種。」

邱梓瑩全身的力氣彷彿被抽光，她頹喪地坐下。

「妳也別再翹班回來學校了，我不值得妳這樣。」

「不過你為什麼會在這裡？」楊妤晴皺眉，問道。「聯誼這種東西你根本沒興趣吧。」

薛赫回過神，略略一笑，坦言道，「有個人，讓我對聯誼起了很大的興趣。」

楊妤晴骨碌碌地轉著眼，馬上會意過來是在說學姊，賊兮兮道：「要不要我幫幫你啊？」

薛赫冷冷地瞟了她一眼，「妳就乖乖站在那，一步也別動，我來就可以了。」

「喔好吧。」楊妤晴十分隨意，並且對他擠眉弄眼道：「你有自尊我懂的。」

「希望妳真的懂。」薛赫牽起一抹無力的笑。

「嗯？你說什麼？」

「沒什麼。」

「明明就有說話啊……」

「喂，」薛赫忽然叫她，「我們偷跑吧，這展覽我看不下去。」

楊妤晴一驚，這是平時處事按部就班，生活井然有序，一點小差錯都不容許的薛赫嗎？「我、你，我們？」

「妳不走？那我要走了。」語畢，薛赫朝門口走去。

「可是學姊怎麼辦？還有蕙央、安恬兒她們……不行啦！」

薛赫覺得她囉唆，走上前一把拉住她的手，「她們怎麼樣，也不歸我管。」

「那你自己走。」

「我當然要帶上共犯，時機不對，就說是妳強迫我。」他說得極其理所當然。

「呀！薛赫！」

與其說是偷跑，倒不如說整個展覽館都是他們兩人的嬉鬧聲。邱梓瑩看著他們旁若無人地玩在一塊，就連平時不苟言笑，注重形象的薛赫，都忽略了旁人的眼光。

她的笑容裡染上幾分哀傷。一旁的王天載全部看在眼底，他輕輕摟住邱梓瑩的肩膀，「跟我在一起吧，妳不會後悔。」

邱梓瑩看向他。

王天載是個有實力的律師，卻是一個標準為錢工作、毫無人品道德的律師。

她是知道的，她明明知道，跟他在一起風險太大了。

「以後遇到什麼困難還是可以來找我，我會幫妳。」前幾天，薛赫是這麼說的吧，那如果……

邱梓瑩眼神迷濛地看著薛赫他們離去的背影，淡淡垂眸，「好。」

Couple 特輯　有問必答

閱讀須知：

△【】此括號為採訪人員的 Murmur（代替觀眾提問），與作者無關。

△內容稍稍有些兒童不宜，但知道大家還是會無視年齡這問題，所以省略。

△墨鏡自備，稍安勿躁！

受訪人：

男方：薛赫（被拖來的）

女方：楊好晴（覺得好玩，把薛赫拖來的人）

一、請問各自大名？

薛赫：我要回家了。

【拜託你這傢伙有點耐心！】

小晴：他是薛赫，我叫楊好晴。

【果然還是女方貼心，充滿天使光輝。】

二、兩人的星座？

薛赫：（完全沒打算開口。）

小晴：我是射手，他是獅子座。

【男方看來是繼承了獅子座的各種傲驕、霸氣。】

三、兩人的年齡？

小晴：都是二十八。

【根本是女方的個人專訪。】

四、用一句話形容另一半的個性。

薛赫：笨。

小晴：（怒瞪某人）傲、驕。明明很喜歡卻愛裝作不在意。

【好……好強，一開口、一個字，就道出重點！】

薛赫：（挑眉）那好，說說我喜歡什麼？

小晴：我啊。（歪頭，甜笑）

薛赫：……咳。（沒預料到楊妤晴來這招，被笑容萌到的傻瓜男人。）

五、認識另一半是在什麼時候？第一印象如何？

小晴：大學。

小晴：（皺眉回想）很跩吧，那時候還覺得世界上怎麼會有這種不可理喻的人。

（身旁傳來某人咳嗽聲）

薛赫：上大學前就聽說大學充斥著各種人，但沒想到會遇到思維這麼開放的女生，一見面就抱住不放。

（勾唇）

小晴：（臉頰漲紅）下一題！

六、請問當初是誰追誰？

薛赫：（死都不會承認，太傷自尊。）

小晴：（無奈看了一眼薛赫）……好、好，是我，都是我！

七、請問那時候是誰先喜歡誰？

薛赫：這跟上一題有什麼不一樣？（睨）

【被殺氣震懾，呃、哦……下一題！下一題！】

八、最喜歡對方哪一點？

（兩人互看一下，陷入漫長的安靜）

【這兩人到底是不是夫妻，還是婚姻不美滿啊？居然答不出來。】

小晴：如果你問我討厭他哪幾點，我列出清單都不是問題哦。

【是不是要離婚了……】

薛赫：全部。

【居然好好回答了，天啊！】

（一旁的女人早已痛哭流涕。）

薛赫：……（單純只是想不到，不想浪費時間。）

九、最討厭另一半哪一點？（因應來賓要求）

小晴：（數著手指頭）怎麼辦太多了。

薛赫：（掐住某女臉頰）我們等等回家好好溝、通。下一題！

【這算不算家暴啊，但怎麼有種被閃到的港覺？】

十、另一半做什麼事令你最不爽？

薛赫：讓我找不到人。

小晴：……呃，好像沒有，通常都是我讓他抓狂。（討好笑）

薛赫：別忘了妳現在可是負債累累，晚上好好算清吧。（撐頰笑）

【喂喂！勿當眾調情！注意用詞！嗶嗶！】

十一、跟另一半在一起會不會有壓力？

小晴：有啊，我深深認為我是世界上最不幸的女人。（咬著餅乾，喝口熱茶）

【嗯嗯！嗯嗯！繼續說下去！】

薛赫：還真是辛苦妳了。（二十五度笑容笑得正燦爛）

小晴：（汗顏）……但有這麼優秀的男朋友，是我上輩子，搞不好上上輩子都燒了好香，才能遇到。

薛赫：更正，現在是老公。

【可以不要這麼吹毛求疵嗎！】

十二、兩人初次約會地點？

小晴：大學操場。

薛赫：會長室。

【你們到底是不是一對啊！】

小晴：不算！那時候又還沒有在一起。

薛赫：妳太遲鈍，全世界大概只有妳沒發覺。

小晴：……（很早就被算計的女人）

十三、什麼時候覺得另一半最可愛令你無法招架？為什麼？

薛赫：賴床的時候，因為通常做了什麼她起床後都不會記得。（邪笑）

小晴：（驚恐）我就知道是你偷吃我的早餐！

【小姐，不覺得放錯重點了嗎！】

薛赫：（三條線）

小晴：不然你說說是什麼事？

薛赫：不告訴妳。（瞇眼笑）

（某女啊啊大叫，作勢撲向他，但結果都是被薛赫抱個滿懷。）

【好了，公然放閃是會被通緝的。】

小晴：當然是他喝醉的時候啊。

薛赫：（挑眉）

小晴：想知道嗎？不告訴你。（吐舌，以牙還牙。）

薛赫：抱歉，給我兩分鐘。（燦笑，抓走楊妤晴）

【咳咳，親完就該回來了。】

十四、另一半做什麼會令你心跳加速？

小晴：唔，笑的時候吧。

薛赫：床上。

【真是簡潔明瞭。】

小晴：……（臉爆紅）

十五、最近一次吵得最凶的架是？
薛赫：沒有。
小晴：（因為孬，定案。）
【女方我同情妳！】

十六、會不會阻止另一半和異性相處？
小晴：太浪費力氣和時間。
【怎麼辦，有股淡淡的哀桑……】
薛赫：親愛的，我很忠誠。倒是妳什麼時候要把金毛怪的電話號碼刪掉？
【看來 Chris 的威脅性很高，連自視甚高的男方都不安吶。】

十七、上次吃醋是什麼時候？
小晴：嗯呃……咦。（想很久）
薛赫：她太遲鈍，等到發現大概是那個女人已經爬上我的床了。
小晴：（瞪）
【男方自己都還沒說哦，別以為大家會放過你！】
薛赫：她沒什麼值得我擔心。
【這句話的意思，究竟是對自己太有自信，還是女主長得很安全？】

十八、請問薛先生覺得 Chris 是個怎麼樣的人？

薛赫：作者有這麼缺收視率？

【作者表示：躺著也中槍。】

薛赫：教授。

薛赫：我跟他不熟。

【請不要故意答非所問。】

薛赫：我跟他不熟。

【但他跟你的老婆很熟。】

薛赫：（默默中箭）

薛赫：她配偶欄的名字是我薛赫，識時務就該對有夫之婦的女人保持距離，是吧。（笑意加深）

【哦哦，有股火藥味！】

【但據說蜜月旅行是去英國？】

薛赫：後來去了紐西蘭。

小晴：紐西蘭超棒的！（雙眼發亮）

【英國和紐西蘭完全是反方向，看來女方還不知道，某人打的心思很精明呢。】

十九、如果有一天你們互換身體，最想做什麼事？

小晴：（雙眼發亮）哼哼！當然是先用這張臉去騙騙少女，享受被廣大的女性包圍的感覺。

薛赫：妳的人生沒理想了嗎？這麼無聊的事。（斜眼鄙視）

小晴：反正都交換了。喔還有！我要去壁咚別人！嗯嗯！（吶喊）

薛赫：這個我來就可以了。（作勢撲上）

小晴：不要！偶爾我也想體驗看看居高臨下的感覺。

薛赫：好，我讓妳實驗，回去妳要試幾次都行。（微笑）

小晴：……（打冷顫）

【請問這是……（汗顏）】

薛赫：我是她的，她是我的，對我來說不影響。（撐頰）

小晴：（張大眼）哇啊！你什麼時候這麼會說話了？

【似乎還有人還沒回答喔。】

薛赫：拜妳床頭那堆小說漫畫所賜。（沒好氣）

小晴：你看囉？（推他手臂）男主角是不是很帥啊！

薛赫：（燦爛笑）

小晴：……（立馬討好笑）咳哈哈哈，我是說哪有你帥氣啦。

薛赫：很好，我們心有靈犀。

【這對組合，不是被虐嚴重，就是虐人為樂，女主角一定是前者。】

二十、最後一題，請問現在的你們幸福嗎？

小晴：（笑）

薛赫：這什麼問題？（唾棄）

小晴：嗯，如果他少欺負我一點的話。

薛赫：但親愛的，欺負妳就是我最幸福的事啊。（捏臉）

【好了好了！要放閃回家去！去死去死團要破門而入了！】

國家圖書館出版品預行編目資料

前男友 / LaI 著 . -- 初版 . -- 臺北市 :
POPO 出版 : 家庭傳媒城邦分公司發行 , 民 105.9,
面 ; 公分 . -- (PO 小說 ; 13)
ISBN 978-986-92586-3-0(平裝)

857.7　　105016455

PO 小說 13

前男友

作　　者／ LaI
責任編輯／吳思佳　　行銷業務／林政杰
主　　編／陳靜芬　　版　　權／李婷雯
網站經理／劉皇佑

總 經 理／伍文翠
發 行 人／何飛鵬
法律顧問／元禾法律事務所　王子文律師
出　　版／城邦原創 POPO 出版　城邦原創股份有限公司
台北市中山區民生東路二段 141 號 6 樓
電話：(02) 2509-5506　傳真：(02) 2500-1933
POPO 原創市集網址：www.popo.tw　POPO 出版網址：publish.popo.tw
電子郵件信箱：pod_service@popo.tw
發　　行／英屬蓋曼群島商家庭傳媒股份有限公司城邦分公司
聯絡地址：台北市中山區民生東路二段 141 號 11 樓
書虫客服服務專線：(02) 25007718．(02) 25007719
24 小時傳真服務：(02) 25001990．(02) 25001991
服務時間：週一至週五 09:30-12:00．13:30-17:00
郵撥帳號：19863813　戶名：書虫股份有限公司
讀者服務信箱 email：service@readingclub.com.tw
城邦讀書花園網址：www.cite.com.tw
香港發行所／城邦（香港）出版集團有限公司
地址：香港灣仔駱克道 193 號東超商業中心 1 樓
email：hkcite@biznetvigator.com
電話：(852) 25086231　傳真：(852) 25789337
馬新發行所／城邦（馬新）出版集團 Cité(M)Sdn. Bhd.
41, Jalan Radin Anum, Bandar Baru Sri Petaling,
57000 Kuala Lumpur, Malaysia.
電話：(603) 90578822　　傳真：(603) 90576622
email：cite@cite.com.my

封面設計／ Betty Cheng
印　　刷／漾格科技股份有限公司
經 銷 商／聯合發行股份有限公司
電話：(02) 2917-8022　傳真：(02) 2911-0053

□ 2016 年 (民 105) 9 月 14 日初版　　Printed in Taiwan.
□ 2021 年 (民 110) 5 月二版 5 刷

定價／ 320 元
 ISBN 978-986-92586-3-0